영업사원 김유빈

영업사원 김유빈 5

뫼달 장편 소설

초판 1쇄 찍은 날 | 2017년 5월 11일
초판 1쇄 펴낸 날 | 2017년 5월 18일

지은이 | 뫼달
펴낸이 | 예경원

기획 | 위시북스
편집책임 | 박우진
편집 | 이즈플러스

펴낸곳 | 예원북스
등록번호 | 제396-2012-000132호
등록일자 | 2012. 7. 25
KFN | 제1-104호

주소 | 경기도 고양시 일산동구 호수로 646-24 위너스21 II 빌딩 206A호 (우)10401
전화 | 031-819-9431 팩스 | 031-817-9432
E-mail | yewonbooks@naver.com

ISBN 979-11-6098-249-7 04810
979-11-6098-006-6 (set)

※ 이 도서의 국립중앙도서관 출판시도서목록(CIP)은 서지정보유통지원시스템 홈페이지(http://seoji.nl.go.kr)와 국가자료공동목록시스템(http://www.nl.go.kr/kolisnet)에서 이용하실 수 있습니다.

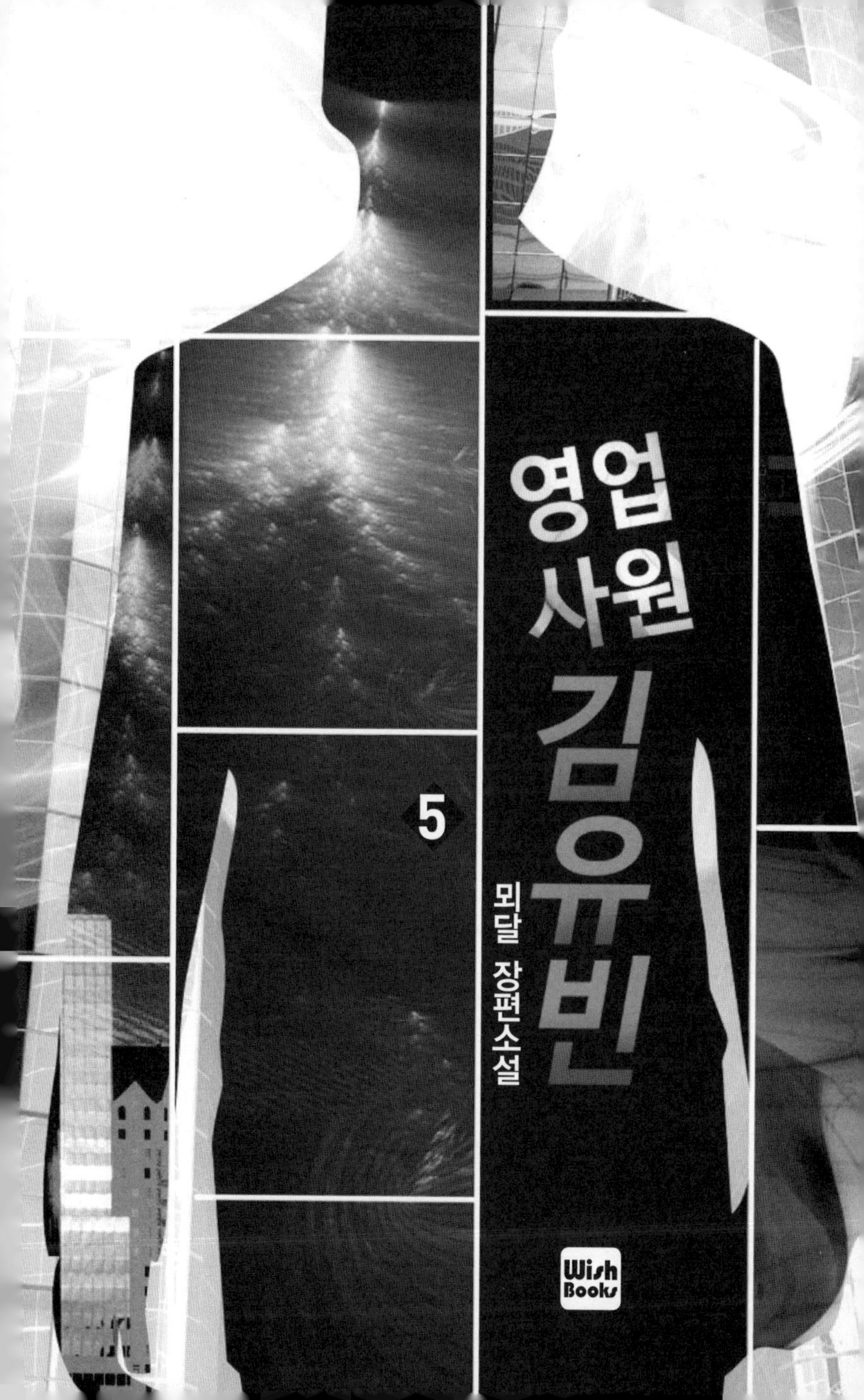
영업사원 김유빈
5
뫼달 장편소설
Wish Books

영업사원 김유빈

CONTENTS

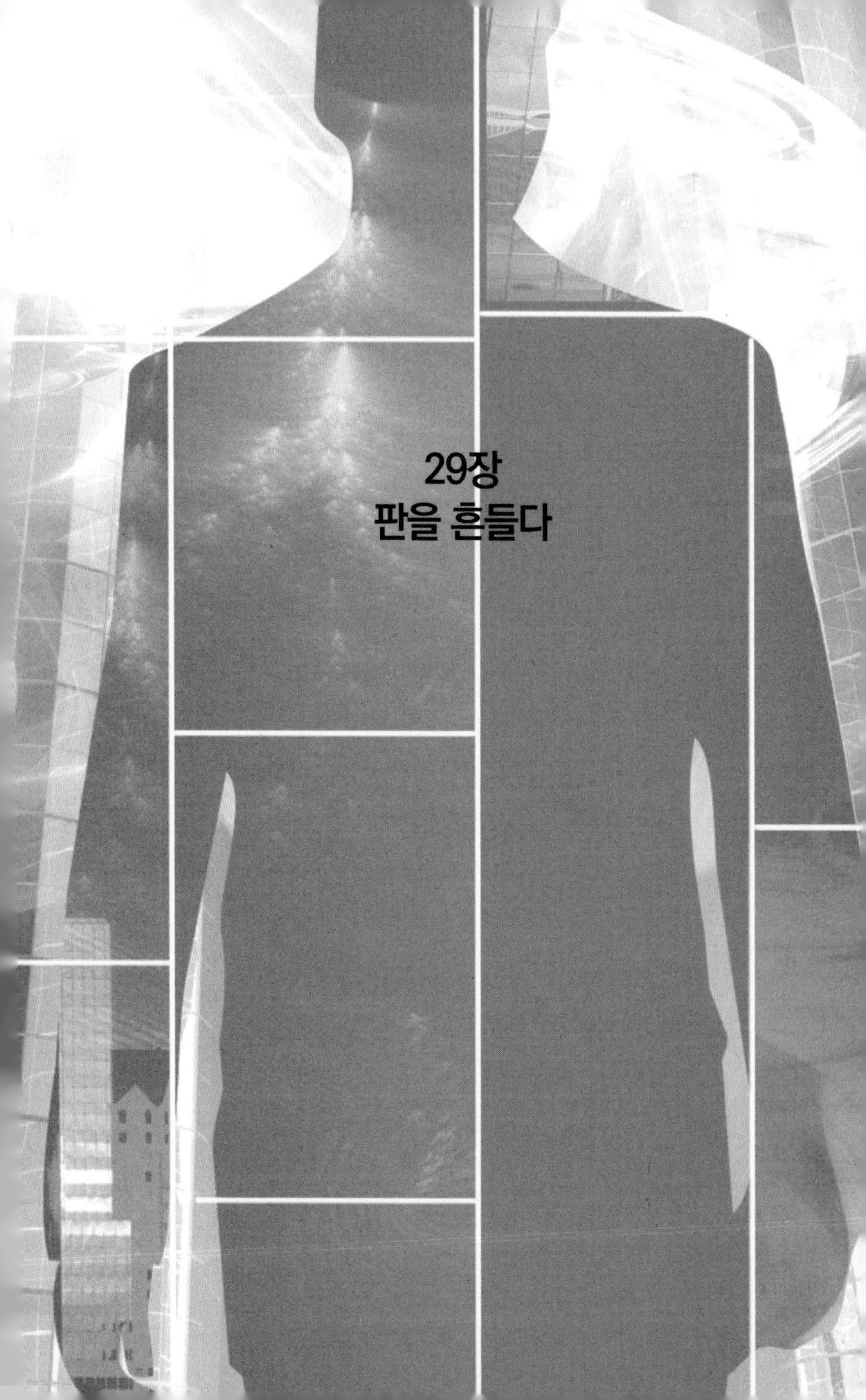

29장
판을 흔들다

눈코 뜰 새 없이 바빴던 일주일이 지나고 새로운 한 주가 시작되었다.

주말 동안 제약업계의 가장 큰 이슈는 바로 셀아키텍트였다.

셀아키텍트가 과연 어떤 회사기에 국내 굴지의 제약회사들을 제치고 유일하게 듀레인 회장의 방문을 받았는지에 사람들의 관심이 집중되었다.

듀레인 회장은 제약업계의 워렌 버핏으로 불리는 사람이다. 관심이 쏠리지 않을 수가 없었다.

제네스 코리아에도 문의가 빗발쳤지만, 아예 알지 못하는 일이니 답변도 할 수 없었다.

셀아키텍트에서도 마찬가지로 아무런 공식적인 발표를 하지 않았다. 아직 투자 계약이 이뤄지지 않았기 때문이었다.

그럼에도 듀레인 회장이 셀아키텍트에 투자했다는 소문은 빠르게 퍼져 나갔다.

"흐흐흥, 그리고 그 투자를 물밑에서 진행하는 사람이 바로 나지."

유빈 역시 투자에 일조한 터라 뿌듯했다.

여느 때와 마찬가지로 누구보다 일찍 회사에 출근한 유빈이 콧노래를 흥얼거리며 듀레인 회장의 보낸 투자 계약서를 살폈다.

뉴욕에 도착하자마자 보낸 걸 보니 듀레인 회장도 빨리 일을 처리하고 싶은 모양이었다.

게다가 유빈도 서우석 회장의 강권(?)으로 셀아키텍트에 저축한 돈을 투자하기로 했다.

듀레인 회장에겐 비교도 안 될 만큼 적은 돈이지만 주주가 되자 셀아키텍트에 대한 애정이 더 생기는 건 어쩔 수 없었다.

듀레인 회장의 말로는 싱가폴의 테마섹(Temasek)이 빠르게 움직이고 있다고 했다.

테마섹은 싱가포르 정부가 100% 지분을 가진 국영 투자회사로 운용 자산이 62조 원에 달하는 큰손이었다.

"테마섹이라니, 대어구나. 하긴, 셀아키텍트의 가치를 알아본다면 투자하지 않고는 못 배기겠지."

하지만 국내에서는 셀아키텍트에 대한 궁금증만 있을 뿐 투자에 대한 이야기는 없었다.

처음부터 국내 연기금이 투자할 거라고는 기대도 하지 않았다. 그들은 명성 같은 대기업에나 투자하며 단타 위주의 투자를 할 뿐이었다.

비슷한 규모의 해외 연기금과 비교하면 수익률이 한참 떨어지는 이유였다.

유빈은 셀아키텍트에 대한 생각을 접고 업무 메일을 확인했다.

"응?"

여러 개의 한글 메일 중에서 영어 제목으로 된 2개의 메일이 눈에 바로 들어왔다.

발신인: 다니엘 듀레인, Genes Global, Chairman

발신인: 루이자 우드, Genes Asia, WH Marketing Director

유빈은 자기도 모르게 주위를 살폈다.

글로벌 체어맨에게 메일을 받았다면 아무도 안 믿겠지?

분명 저번 주에만 해도 같이 이야기하고 즐거운 시간을 보냈지만, 회사 메일로 보니 또 기분이 달랐다.

그리고 나머지 하나는 아시아 지부 여성건강사업부 마케팅 헤드에게서 온 메일이었다.

순식간에 두 개의 메일을 읽어 내려간 유빈이 메일 버튼을 클릭하며 중얼거렸다.

"회장님, 감사합니다."

월요일에는 마케팅 회의가 있었다. 다른 일정이 없으면 참석해야 하지만, 유진영 차장과의 충돌로 그동안은 참석하지 않았다.

"김유빈 씨, 10시에 있을 마케팅 회의에 참석하세요!"

그런데 출근하자마자 유 차장이 직접 참석하라는 지시를 했다. 목소리가 냉랭하다 못해 공중에서 얼어붙을 정도였다.

"알겠습니다."

하지만 유빈이 기다리던 반응이었다.

"김유빈 씨, 지금 뭐하자는 거죠?"

회의를 시작하자마자 유진영 차장이 눈썹을 치켜떴다.

"어떤 걸 말씀하시는 건지."

유빈이 초롱초롱한 눈으로 그녀를 쳐다봤다.

대답과는 달리 유 차장이 왜 저렇게 화가 났는지는 알고 있었다.

회의실 안에 긴장감이 맴돌았다.

월요일 아침부터 무거운 분위기에 아침에 먹은 김밥이 더 부룩한지 박다혜 PM이 배를 연신 쓰다듬었다.

"OC 프로젝트 말이에요. 아무리 복용률을 높이는 게 목적이라고 해도 각각의 제품 영역을 침범해서는 안 되죠!"

유빈은 그녀의 말을 가만히 들었다.

"이번에 캠페인 홍보대사로 임명한 김혜민 말입니다. 미혼 여성이 아닌 애 엄마를 홍보대사로 임명하면 엔젤로의 타깃과 피레논의 타깃이 겹치게 됩니다. 그런 기본적인 것도 고려 안 하고 캠페인을 진행하면 어떡합니까?"

유 차장이 건수를 잡았다는 듯이 목청을 높였다.

밖에서 들릴까 걱정될 정도였다.

"그것 때문에 마케팅 회의에 참석하라고 하신 건가요?"

"그것뿐이었으면 말도 안 꺼냈을 거예요. 오늘 아침에 저한테 포워드한 메일. 도대체 이게 무슨 내용입니까? 아시아 리전 WH 마케팅 헤드 라이자 우드가 왜 유빈 씨에게 이런 메일을 보낸 겁니까?"

유진영 차장은 화라는 단어로는 설명이 안 되는 감정이 차

오르는지 잠시 말을 잇지 못했다.

"메일 내용 그대로입니다."

유빈은 루이자 우드로부터 받은 메일을 마케팅팀 전원에게 포워드했다.

주요 내용은 유빈이 아시아 리전에 신청한 에리안의 한국 판매를 컨펌한다는 내용이었다.

"내가 정말 어이가 없어서…… 아무리 프로젝트 매니저라도 OTC OC(처방이 필요 없는 피임약, Over the Counter Oral Contraceptive)를 한국에서 판매하고 싶다는 요청을 독단으로 하다니…… 허!"

유진영 차장은 유빈의 뻔뻔한 모습에 기가 막혔다.

마이너한 제품이어도 여성건강사업부에 새로운 품목을 들여오는 일이었다.

그것뿐이라면 큰 문제도 아니었다.

제네스 코리아의 주력 피임약인 피레논은 의사의 처방이 있어야만 살 수 있는 ETC OC였다.

유빈이 요청한 내용은 대놓고 마케팅 정책에 반하는 일이었다.

"안 그래도 이따가 따로 말씀드릴 생각이었습니다."

"아니, 다 진행해 놓고 보고만 하면 뭐합니까? 벌써 아시아 리전에서는 컨펌까지 했던데요!"

그녀의 고음에 유빈이 살짝 미간을 찌푸렸다.

사실 유빈도 이렇게 빨리 컨펌을 받을지 몰랐다.

유빈이 인천공항에서 듀레인 회장에게 부탁한 것이 바로 이것이었다.

OTC OC 에리안은 이미 아시아의 다른 나라에서는 판매되고 있는 약이었다. 하지만 정상적인 프로세스를 밟아 한국으로 들여오려면 내년에나 가능했다.

듀레인 회장은 유빈의 부탁에 그 과정을 단축해 달라는 이메일을 루이자 우드에게 보냈다.

역시 듀레인 회장의 한 마디는 위력이 대단했다.

아니, 어쩌면 당연한 결과였다.

아시아 리전의 여성건강사업부서 헤드가 어찌 글로벌 체어맨의 부탁 아닌 부탁을 거절하겠는가.

한국의 경구피임약 시장은 다른 나라와 다르게 ETC와 OTC 약품이 모두 존재했다. 시장의 리더인 제네스 코리아는 그중에서 ETC OC만을 판매했다.

작은 국내제약회사 중에는 OTC OC를 판매하는 회사도 있었지만, 워낙 작은 시장이다 보니 별다른 광고나 홍보를 하지 않았다. 점유율도 미미했다.

이런 상황에서 제네스의 OTC OC 도입과 대대적인 홍보는 우리 집 막내 PPL로 조금은 말랑해진 '인식'이라는 단단한 알을 깨기 위한 유빈의 몰니르였다.

물 들어올 때 망치로 치든 노를 젓든 해야 했다.

국민 드라마 PPL로 애써 만든 분위기를 이어 가기 위해서는 하반기 안에 에리안의 판매를 시작해야 했다.

그래서 처음에는 첼시 사장의 도움을 받으려 했다.

하지만 셀아키텍트에서의 일로 더 확실한 결과를 위해 듀레인 회장에게 도움을 요청한 것이었다.

유빈이 유 차장을 제외한 다른 마케팅 직원의 표정을 하나하나 살폈다.

유빈이 준비해 온 과정을 알 리 없는 그들의 표정은 다양했다.

주서윤은 역시 유빈을 걱정하는 모습이 역력했다. 박다혜는 자신과 관계없는 일이라서 그런지 평온 그 자체였다.

새로 들어온 이지은은 뭐가 뭔지 모르겠다는 표정이었지만, 그저 신기하게 유빈을 쳐다보고 있었다. 차장 정도 되는 사람과 말다툼을 하는 유빈이 그저 신기한 모양이었다.

다만, 역시 엔젤로 PM인 홍경은 과장과 피레논 서인아 PM의 표정이 역시 좋지 않았다.

유빈이 진행하는 일이 둘의 올해 타깃을 달성하는데 방해물이 될 수도 있기 때문이었다.

유빈이 목소리를 가다듬었다.

지금부터가 중요했다. 이제부터는 다른 사람들의 지원이 필요했다.

"우선…… 독불장군식으로 행동해서 죄송합니다."

지금까지 봐 왔던 유빈의 성격이라면 유 차장의 말에 반격을 당연시 예상했다. 하지만 유빈은 반격 대신 고개를 숙였다.

유진영 차장마저 붕어처럼 입만 뻐금뻐금하고 있었다.

"OC 프로젝트를 진행하면서 고민이 많았습니다. 사실 여러분과 같이 상의하면서 진행하고 싶었지만, 아쉽게도 상황이 그렇게 되지가 않았네요."

모두 누구 때문인지는 알고 있었지만 차마 그 사람을 쳐다보지 못했다. 생각해 보면 유빈이 상황을 설명할 기회라도 줬던가? 아니었다.

홍PM과 서PM의 표정이 조금 누그러졌다. 반대로 유 차장의 표정은 더 표독스럽게 변했다.

'그럼 그렇지. 저놈이 순순히 사과할 놈이 아니지'라는 속마음이 얼굴에 그대로 드러났다.

"솔직히 말씀드리죠. PM님들은 제품별 타게팅이 정말로 정확하다고 생각하시나요? 아니, 설사 맞는다고 하더라도 산부인과 같은 작은 시장에서 환자를 나누는 게 옳은 결정인가요?”

홍경은과 서인아는 유빈의 질문에 바로 대답하지 못했다.

유빈의 말을 인정한다면 PM으로서 그들의 존재 이유를 부정한다는 뜻이었다. 즉, 피임 담당 PM이 엔젤로와 피레논 두 가지를 함께 담당해도 된다는 말이었다.

“지금 무슨 말을 하는 겁니까? 모든 약품에는 타깃 환자가 있고 피레논도, 엔젤로도 모두 타깃팅 미팅을 통해 구분을 지은 겁니다. 잘 알지도 못하면서…….”

두 PM을 대신해 다시 한 번 유 차장이 발끈했다.

“저도 미팅 자료는 봤습니다. 하지만 대상 환자 수가 충분하지 않고 겹치는 부분도 많았습니다. 잘 알고서 이야기하는 겁니다.”

유빈이 그런 유 차장의 말을 가로막았다.

“그럼에도 불구하고 저는 나누는 게 옳다고 생각합니다.”

유 차장이 다시 붕어가 되었다.

나누는 게 맞다는 거야, 나누는 게 의미가 없다는 거야?

이제는 유빈이 무슨 말을 하려는지 헷갈렸다.

하지만 그럴수록 유빈의 말에 집중할 수밖에 없었다.

“왜냐하면, 지금의 분업은 현재 시장의 크기만 고려하지 않고 있기 때문입니다.”

“아…….”

홍경은 과장이 제일 먼저 고개를 끄덕였다. 유빈이 무슨 이야기를 하려는지 감이 왔다.

“OC 프로젝트에서 제가 중점적으로 목표하는 것은 피임약뿐만 아니라 전체 피임 시장을 확대하는 겁니다. 그러기 위해서 두 제품의 경계를 허문 겁니다. OC 프로젝트의 목적은 피임약이 아니라 피임 자체입니다.”

“유빈 씨의 의도는 알겠어요. 그런데 OTC OC를 굳이 제네스에서 판매할 필요가 있을까요? 피레논의 점유율이 감소할 것이 뻔한데요.”

서인아 PM이 나섰다.

그녀로서는 당연히 할 수 있는 질문이었다.

“서PM님도 아시겠지만, 병원에서 피임약을 피임 목적으로 처방하는 퍼센티지가 얼마나 될까요?”

“……정확하지는 않지만, 5% 미만이겠죠.”

“3%도 안 될 겁니다. 대부분 치료 목적입니다. 생리불순, PCOS, 생리통, 자궁내부정출혈 등등. 그런데도 피레논 시장을 OTC가 잡아먹을 거로 생각하시나요?”

“…….”

서인아는 대답하지 못했다.

그녀의 질문으로 유빈은 이전 마케팅 헤드와 PM들이 OTC OC를 들여오지 않은 이유를 알 것 같았다.

그들은 유빈과 달리 OTC OC가 피임약 시장을 넓힐 거라는 확신이 없었다.

더 중요한 건 PM은 신제품인 피레논의 매출로만 일 년의 평가를 받는다는 사실이었다.

그러니 평가와는 상관없는, 아니, 오히려 피레논 매출을 빼앗을 수도 있는 OTC OC를 들여올 리가 없었다.

아니, 아예 생각조차 하지 않았다.

자살골을 왜 넣겠는가?

유빈은 이런 상황을 유도한 사람이 분명 존재할 것으로 생각했다.

과연 OC 복용률의 상승은 제외하고 피레논에만 평가를 국한시킨 사람은 누구인가.

유빈의 눈이 빛났다.

최상렬.

그럴 만한 위치와 의도, 그리고 능력을 갖춘 사람은 최상렬 부사장밖에 없었다.

"피임약 시장을 키우려면 OTC를 통해 대중에게 홍보해야 합니다. 저는 오프라인 캠페인을 제외한 프로젝트의 남은 예산을 모두 TV 광고를 하는 데 사용할 생각입니다."

"봐요, 김유빈 씨. 그렇게 무책임하게 예산을 사용해도 되나요? 명색이 프로젝트 매니저라면 새로운 아이디어로 돌파구를 마련해야지. 누구나 할 수 있는 TV 광고를 하는 게 뭐가 자랑이라고 그렇게 말하나요."

듣고 있던 유진영 차장이 한심하다는 듯이 유빈을 쳐다봤다.

"누구나 할 수 있지만 아무도 안 했지 않습니까."

유빈의 덤덤한 말에 회의실이 조용해졌다.

"받은 예산을 전부 TV 광고에 썼다고 하면 위에서 뭐라고 할까 봐 안 그래도 충분하지 않은 예산을 쪼개고 쪼개서 효과도 없는 이벤트만 진행한 건 아닌가요? 그게 신선한가요? 그렇게 하면 능력 있는 PM으로 보입니까?"

유빈의 작은 목소리가 점점 커졌다.

그 위압감에 유 차장도 입을 다물었다.

아니, 사실은 위압감 때문이 아니었다. 유빈의 말은 구구절절 맞는 이야기였다. 자신도 아는 이야기였지만 새로운 해에 새롭게 예산을 받으면 똑같은 실수를 반복했다. 아니, 반복할 수밖에 없었다.

그렇게 해야 평가를 잘 받을 수 있었다.

유 차장은 이제야 자신과 유빈의 차이를 알 수 있었다. 유빈은 상사의 평가 따위는 전혀 생각하지 않고 일을 진행했다.

"이 말씀은 웬만하면 안 하려고 했지만, 상황이 급박하니 여기 있는 여성건강사업부 마케팅 동료분들께만 사실을 말씀드리겠습니다."

무슨 말을 하려고 저렇게 거창하게 말을 꺼내는지, 모든 시선이 유빈에게 집중되었다.

"회사 경영진 중 일부에서 여성건강사업부를 축소하려는 움직임이 있습니다."

"뭐라고요?"

"정말인가요?"

"……왜? 누가요?"

"……."

'너만 알고 있어.'는 언제나 큰 힘을 발휘한다.

게다가 자신들의 일자리가 달린 문제다. 입을 다물고 있던 이지은마저 질문했다.

문제는 이야기가 유빈의 입에서 나왔다는 사실이었다. 유빈이 소문을 전하는 사람도 아니고 허튼소리를 할 사람이 아니라는 건 모두가 알고 있었다.

그만큼 신뢰할 만한 이야기라는 뜻이었다.

"그 주장을 하는 사람은 제네스 코리아의 사장 자리를 원하고 있습니다. 여성건강사업부의 축소가 그 첫 번째 단계라고 여기고 있죠."

가라앉았던 유진영 차장의 눈동자가 심한 요동을 일으켰다. 유빈이 지칭하는 사람이 누구인지 정확히 알고 있기 때문이었다.

"자세한 이야기는 차후에 하겠습니다. 만약 올해 여성건강사업부가 획기적인 매출 증대를 올리지 못한다면 그 사람의 의견에 힘이 더 실릴 겁니다. 다들 알고는 있겠죠? 다른 부서에 비해 여성건강사업부의 직원 한 사람당 매출은 상당히 떨어집니다."

"그래서 유빈 씨가 무리를 해서라도 프로젝트를 성공하려는 거군요."

주서윤이 옆에서 거들었다.

센스쟁이.

역시 주서윤이었다. 유빈이 그녀를 향해 눈웃음을 살짝 보내면서 유 차장을 쳐다봤다.

"차장님, 제 말을 믿지 못하겠으면 한번 확인해 보십시오."

진정하기 위해 애쓰던 유진영 차장의 노력이 유빈의 한 마디에 헛수고로 돌아갔다.

최상렬 부사장의 자세는 한결같았다.

일단 상대방을 제대로 쳐다보지 않았다.

컴퓨터 모니터를 보든, 책상 위 서류를 보든 아이컨택을 거의 하지 않았다.

그러다 한 번씩 중요한 말을 할 때만 순간적으로 눈을 마주쳤다. 그의 눈빛을 받으면 온몸에 닭살이 돋았다.

감정이 실리지 않은 차가운 눈.

네가 무슨 생각을 하는지 알고 있다고, 번뜩이는 눈이 이야기하고 있었다.

반대로 몇 년을 그의 밑에서 일했지만, 그녀는 최상렬 부사장이 무슨 생각을 하는지 도통 알 수 없었다.

지금도 마찬가지였다.

오전에 있었던 회의 내용을 보고하면서 여성건강사업부의 축소에 대해 막 물은 참이었다.

하지만 그녀의 말을 끝까지 듣고도 최 부사장의 시선은 여전히 컴퓨터 모니터에 가 있었다.

"유 차장. 지금 김유빈의 이야기 때문에 이렇게 쪼르르 달려온 겁니까?"

"네?"

"도대체 뭘 확인하고 싶은 겁니까?"

해명까지는 아니더라도 설명을 기대했던 그녀가 심장이 덜컥 내려앉았다.

들어보지 못한 부사장의 차가운 목소리에 유진영의 건조한 목소리가 힘겹게 새어 나왔다.

"아, 아니요. 그게……."

"지금 유 차장이 신경 써야 할 일은 그게 아닌 것 같은데요."

"……."

이제는 목소리가 삐져나올 힘도 없었다. 그녀의 동공이 흔들렸다.

너무 성급하게 부사장을 찾아온 건가?

내가 김유빈한테 당했구나!

부사장이 그런 생각이 있었더라면 나하고 상의를 했겠지.

아, 너무 성급했어…….

잡념이 꼬리를 물고 그녀의 머릿속에서 헤엄쳐 다녔다.

"OTC 피임약이라니요. 지금 여성건강사업부의 마케팅 타깃은 ETC 아닙니까. 그걸 그대로 둘 생각입니까?"

"아니요, 아닙니다."

"유 차장. 이대로 OTC 피임약을 출시하고 TV 광고까지 하면 산부인과의사회에서 가만히 보고만 있을 것 같습니까?"

유진영 차장이 고개를 좌우로 격렬히 저었다.

최상렬 부사장의 지적에 심장이 덜컹했다.

OTC OC의 출시는 마케팅 부서만의 문제가 아니었다. 부사장의 말대로 의사회에서의 반발은 뻔한 수순이었다.

약국에만 이익이 되는 일을 의사회에서 좋아할 리가 없었다. 결국, 밥그릇 싸움이다.

만약 김유빈이 고집을 부려 일을 진행하다 제네스 전체가 의사회와 등지기라도 한다면 피레논은 물론 다른 제품의 매출도 큰 타격을 입을 수 있었다.

멈춰야 했다. 어떻게든.

"유 차장, 지금 하는 방식으로도 잘하고 있지 않습니까? 지금 정도의 성장률만 보여도 유 차장이 마케팅 총괄부장으로 갈 날이 머지않을 겁니다."

차가웠던 부사장의 말투가 부드러워졌다.

"마케팅 총괄부장이요? 제가요?"

"물론입니다. 그리고 김유빈이 어디서 뜬소문을 듣고 이야기를 한 모양인데 제가 여성건강사업부를 왜 축소합니까. 내가 여성건강사업부 티오를 얼마나 늘렸는지는 알고 그런 이야기를 하는지."

"……그렇죠."

틀린 말이 아니었다.

올해도 직원을 뽑을 때, 다른 사업부에 비해 여성건강사업부로 신입사원이 많이 배정되었다.

"그리고 설령 그렇다고 칩시다. 내가 유 차장을 모른 척하겠습니까? 나는 내 사람은 끝까지 책임지는 사람입니다."

"부사장님…… 제가 성급했습니다."

유 차장은 자신이 보여 줄 수 있는 최대한의 조심스러운 태도로 부사장실을 나왔다.

김유빈의 농간에 속은 자신이 부끄러웠다. 여성건강사업

부로 행하는 그녀의 발걸음이 빨라졌다.

유진영이 나가자 최상렬이 그제야 모니터에서 눈을 떼고 푹신한 의자에 몸을 기댔다.

'어르고 달래 줬더니 주인 모르고 기어오르는군.'

평소의 그라면 당장 쳐낼 생각을 했겠지만, 그러기에 유 차장은 자기 역할을 충분히 잘하고 있었다.

최상렬 부사장이 유진영을 다른 회사에서 스카웃한 이유는 단 한 가지였다. 그녀를 마케팅 헤드로 만들어 여성건강사업부를 콩가루로 만들어 버리기 위해서였다.

전 회사에서 그녀에 대한 평판은 '아는 건 많지만, 인간관계가 서툴다.'였다. 한마디로 SQ(Social Quotient, 사회성지수) 또는 NQ(Network Quotient, 관계지수)가 낮은 사람이었다.

제약회사에서 마케팅만큼 다른 부서와 관계를 잘해야 하는 부서도 없었다. 마케팅은 모든 부서의 구심점이었다.

그의 계획은 지금까지 잘 맞아들고 있었다.

이미 영업팀과는 원수지간이고 다른 내근 부서와도 데면데면했다. 그런데 언젠가부터 여성건강사업부의 분위기가 달라졌다.

김유빈.

그 녀석이 마케팅에서 일을 시작하고 난 이후부터였다. 김유빈 때문에 유진영의 영향력이 줄어들고 있었다.

'그 녀석이 내가 여성건강사업부를 노리고 있다는 사실을 어떻게 알았지? 설마 이 어린 녀석이 나한테 경고라도 한 건가……!'

최상렬의 관자놀이에 굵은 핏줄이 섰다.

"네 녀석이 아무리 날뛰어 봤자 이미 상황은 돌이킬 수 없다."

"그럼 제가 산부인과의사회를 설득하면 되나요?"

최상렬 부사장과의 대화를 마치고 유 차장은 성난 황소처럼 유빈을 회의실로 불렀다.

하지만 유빈은 투우사처럼 침착하게 그녀의 공격을 받았다.

"……뭐라고요?"

"지금 말씀하셨잖습니까? 에리안을 판매하면 산부인과의사회가 가만히 있지 않을 거라고요."

"그랬죠. 그렇게 될 가능성이 크죠."

"그러니까요. 제가 의사회를 설득하면 차장님도 찬성한다는 말씀이죠?"

"음, 그건……."

난처해진 유 차장이 어물쩍거렸다.

"지금 부사장님한테 보고하고 오신 것 같은데, 부사장님은 어떻게 말씀하셨나요? 제 계획에 찬성하셨나요?"

"부사장님이라뇨? 아니에요."

손을 크게 흔드는 유 차장의 시치미에 유빈이 역시 크게 한숨을 내뱉었다.

"하아, 차장님. 그냥 솔직하게 말씀하시죠. 사람들이 바보인 줄 아십니까? 차장님이 마케팅 회의를 마치면 바로 부사장님에게 보고하러 간다는 건 이미 다 알려진 사실입니다."

"다…… 안다고요?"

얼마나 놀랐는지 그녀의 눈가에 순간적으로 경련이 일었다.

"회사가 얼마나 좁은데 그걸 모르겠습니까. 그리고 왜 제가 누군가 여성건강사업부를 축소하려고 한다고만 말했는데 바로 부사장실을 찾아가셨나요? 전 누구라고 밝힌 적이 없습니다만."

아무도 모르고 있다고 생각한 비밀이 사실은 비밀이 아니었다는 것을 알 때는 상당한 충격을 받을 수밖에 없었다. 유 차장의 오라가 태풍에 흔들리는 나무처럼 정신없이 흔들렸다.

"……그건, 아무튼 부사장님은 아닙니다. 부사장님이 여성건강사업부를 축소하려 했다면 우리 부서의 티오를 이렇게 늘려 줬겠습니까?"

겨우 추스른 그녀의 말에 유빈의 눈이 빛났다.

유 차장이 부사장을 만나고 왔다고 인정한 꼴이었다.

"다시 한 번 묻겠습니다. 제가 의사회를 설득하면 OTC OC 판매에 찬성하시겠습니까?"

"……아, 아니에요. 저는 찬성 못 합니다. 그건 너무 위험한 일이에요. 김유빈 씨가 어떻게 설득하려고 하는지 모르겠지만, 의사회에서는 분명 반대할 겁니다. 지금처럼 ETC OC에 집중하는 게 저의, 아니, WH의 마케팅 플랜입니다."

"부사장님도 마찬가지 생각이십니까?"

"……."

마음이 갈팡질팡하는지 유 차장이 입을 닫았다.

"됐습니다. 잘 알겠습니다. 부사장님은 아무런 의견이 없는 거로 하죠. 그런데 만약 이번 프로젝트가 성공해서 OC 복용률이 증가하게 되면 차장님 혼자서 책임을 지셔야겠네요."

"내가 무슨 책임을 집니까?"

유빈이 강조한 '혼자서'와 '책임'이라는 단어에 발끈한 유 차장의 목소리가 높아졌다.

"차장님이 세운 마케팅 플랜 때문에 OC 시장이 정체된 게 되니까요. 이번에도 제 계획에 반대하셨고요. 에리안은 3년 전에도 들여올 수 있었습니다."

유 차장의 표정이 경직되었다.

"차장님에게는 도박일지도 모르겠네요. 제가 실패하면 프로젝트 실패에 대한 책임에서는 자유롭겠지만, 만약 성공한다면 무능력함을 자인하는 꼴이니까요. 아마 다른 부서로 옮기기도 쉽지 않을 겁니다. 결과가 어떻게 됐든 전 첼시 사장님에게 하나도 빼지 않고 보고할 겁니다."

평판.

특히 회사 내 평판은 부서 이동을 결정하는 데 치명적인 요소였다. 부사장으로부터 혼나고 동시에 격려 받으면서 가라앉은 그녀의 마음에 다시 파도가 일었다.

만약 유빈이 프로젝트에 성공한다면 여성건강사업부에서 그녀의 입지는 지금과는 비교도 안 되게 줄어들 게 뻔했다.

그렇다고 다른 부서로 이동하기도 요원했다. 그놈의 평판 때문에. 다른 회사? 생각조차 들지 않았다.

최 부사장이 그녀를 책임진다고는 했지만, 어떻게 됐든 부사장은 사장 아래였다.

"……부사장님도 OTC OC를 들여오는 데 반대하셨어요."

그녀가 개미 기어가는 소리로 조심스럽게 이야기했다.

유빈이 속으로 회심의 미소를 지었다.

두 사람 사이에 작은 틈이 갈라지는 소리가 들렸다.

역시 충성심 따위는 없었다.

유빈이 파악한 유진영 차장은 자신의 생존에 가장 민감한 사람이었다. 그리고 지금까지 최상렬 부사장이 그녀의 생존을 책임져 주는 단단한 방패막이였기 때문에 충성을 다한 것이었다.

유빈이 그녀를 계속 흔들어 불안하게 만들면서 심어준 메시지는 단순했다.

프로젝트가 성공하면 최상렬 부사장도 너를 책임질 수 없다는 분명한 메시지였다. 그렇게 되면 당연히 그녀는 부사장에게 책임을 떠넘길 것이었다.

"그랬군요. 그렇다면 차장님은 부사장님의 지시를 따른 것뿐이겠네요."

"……그렇죠."

"알겠습니다. 첼시 사장님한테는 그렇게 보고하겠습니다. 그리고 산부인과 의사회를 설득하지 못하면 에리안은 진행하지 않겠습니다. 그럼 되겠죠?"

"……."

"제 독단적인 진행이니까 차장님한테는 피해가 안 갈 겁니다."

"……알겠어요. 그렇게 하세요."

유빈에게 완전히 기가 눌린 유 차장이 혼란스러운 표정으로 답했다.

유 차장과의 면담을 마치고 유빈은 자리로 돌아왔다.

둘 사이를 멀어지게 만든 것에는 성공했다. 한동안 유 차장은 부사장과 유빈 사이에서 갈피를 못 잡을 수밖에 없었다.

'여성건강사업부의 티오를 늘렸다.'

그녀가 한 말이 계속 머릿속에 맴돌았다.

유빈은 최상렬 부사장과 직접 대화한 적은 몇 번 없었다. 하지만 도매상 사건과 최석원과의 일 그리고 유진영 차장과의 관계에 대해 들으면서 그에 대해 어느 정도 파악할 수 있었다.

고객을 파악하는 일은 영업사원에게는 필수였다.

이번 경우는 고객이 아니지만.

최상렬 부사장은 치밀한 사람이었다. 그리고 목표에 도달하기 위해 긴 시간도 참을 수 있는 인내심이 있었다.

감정을 쉽게 드러내는 최석원과는 차원이 다른 상대였다.

이만큼 제네스 내부를 무너뜨렸음에도 아무도 최상렬 부사장과는 연관 지어서 이야기하지 않았다.

점점 뜨거워지는 물 안에서 복지부동하는 개구리 꼴이었다.

불을 지피는 사람이 최상렬 부사장이라는 것을 알아챈 사람은 첼시 사장과 박용신 전무뿐이었다.

유빈은 바로 이 점을 노렸다.

최상렬 부사장은 자신의 작품에 자부심을 가지고 있을 게 분명했다. 아무도 자신의 의도를 눈치채지 못하고 있을 거로 생각할 것이었다.

그래서 일부러 유 차장에게 여성건강사업부 축소에 대한 이야기를 흘린 것이었다.

당연히 부사장에게 보고할 거고 그 보고를 들은 최상렬은 자신의 작품에 오점이 생기면서 흔들릴 수 있었다. 지금까지는 자신의 의도를 아무도 모르기 때문에 느긋할 수 있었지만, 이제는 그럴 수 없기 때문이었다.

아니나 다를까 그가 유 차장을 설득시키기 위해 굳이 말할 필요가 없는 여성건강사업부 정원을 늘렸다는 변명 아닌 변명을 했다.

유 차장은 넘어갔지만 유빈은 달랐다.

'설마!'

유빈이 자리를 박차고 일어났다.

주변에 앉아 있던 사람들이 이상한 눈으로 쳐다봤지만 신경 쓸 여유가 없었다. 확인이 필요했다.

그가 급하게 찾아간 사람은 인사부 책임자 강찬호 이사였다.

강찬호 이사는 신입사원 채용 때부터 유빈에게 호감이 있었다. 게다가 연초에 유빈이 뉴욕을 갔다 온 후에 기념품과 함께 인사를 드렸기 때문에 만남이 어색하지 않았다.

"갑자기 찾아봬서 죄송합니다. 이사님."

"아닐세. 아니야. 마케팅 일은 할 만한가? 요즘 자네의 활약상은 잘 듣고 있네."

"감사합니다. 열심히 하고 있습니다."

"하하. 그런데 무슨 일로 찾아왔는가?"

"궁금한 게 있어서요. 혹시 각 부서의 영업 티오와 인력 증강 현황에 대해 알 수 있을까요?"

"응? 그건 갑자기 왜?"

"음……."

유빈이 잠시 뜸을 들였다.

"말하기 곤란하면 됐네. 어차피 비밀 정보도 아니고, 올해 자료면 되나?"

"그게…… 최근 5년 동안의 자료를 보고 싶습니다."

"최근 5년? 흐음, 알겠네. 송 주임, 여기 김유빈 씨 좀 도와주게."

유빈의 표정을 보고 뭔가 심각하다는 걸 알아챈 강 이사가 고개를 끄덕였다.

그는 라인에 속해 있지는 않았지만, 친하게 지내는 박용신 전무로부터 회사 돌아가는 이야기를 종종 듣곤 했다.

"감사합니다. 이사님."

신입사원 연수회 때, 봤던 인사부 송 주임이 유빈이 필요한 자료를 뽑아줬다.

자료를 살펴본 유빈의 인상이 찌푸려졌다.

'역시…….'

"왜 그러는 거예요?"

유빈이 아무 말 없이 자료만 뚫어지게 쳐다보자 송 주임이 물었다.

"아, 아닙니다. 그런데 주임님, 이 티오 결정은 누가 하는 건가요?"

"최종 결재는 당연히 사장님이죠. 하지만 대부분은 부사장님이 결재하면 그대로 진행돼요."

"……그렇군요. 감사합니다."

설마가 확신으로 변했다.

유빈의 표정이 더 심각해졌다.

최상렬의 커다란 계획이 머릿속에서 퍼즐처럼 맞춰졌다.

최상렬은 유진영 차장을 스카우트해 마케팅 부서가 제대로 일할 수 없게 만들었다. 그리고 평가 기준을 피레논 매출에 국한해 PM이 아예 OTC OC를 들여올 생각을 하지 못하게 만들었다.

그는 여러 해에 걸쳐 티 나지 않게 여성건강사업부 인원을 증원했다.

피레논을 출시했을 때는 피임시장을 키운다는 목적으로, 유빈이 들어온 해에는 여성건강사업부의 매출 증대를 목적으로 필요한 인원보다 과하게 신입사원을 뽑았다.

결과적으로, 다른 부서에 비해 매출이 작은 여성건강사업부는 늘어난 인원 때문에 한 사람당 매출이 더 떨어지게 되었다.

이 상황을 힘이 있는 누군가가 알게 된다면?

듀레인 회장의 메일에는 잘 준비하라는 말과 함께 제네스 코리아 감사 일정이 들어 있었다.

최상렬 부사장도 분명 일정에 대해 미리 알고 있는 게 분명했다. 아니라면 이렇게 타이밍을 잘 맞출 수가 없었다.

인사부 송 주임도 말했지만 티오의 조종을 최종 결재하는 사람은 사장이었다.

감사에서 오버티오를 지적하고 ERP 시행을 요구할 가능성이 컸다. 그리고 ERP 시행에 대한 책임을 묻는다면 첼시 사장은 빠져나갈 구멍이 없었다.

여성건강사업부를 키우려는 마음에 증원을 최종 결재한 사람이 첼시 사장이었기 때문이었다.

일이 최상렬 부사장의 의도대로 흘러가게 놔둘 수는 없었다.

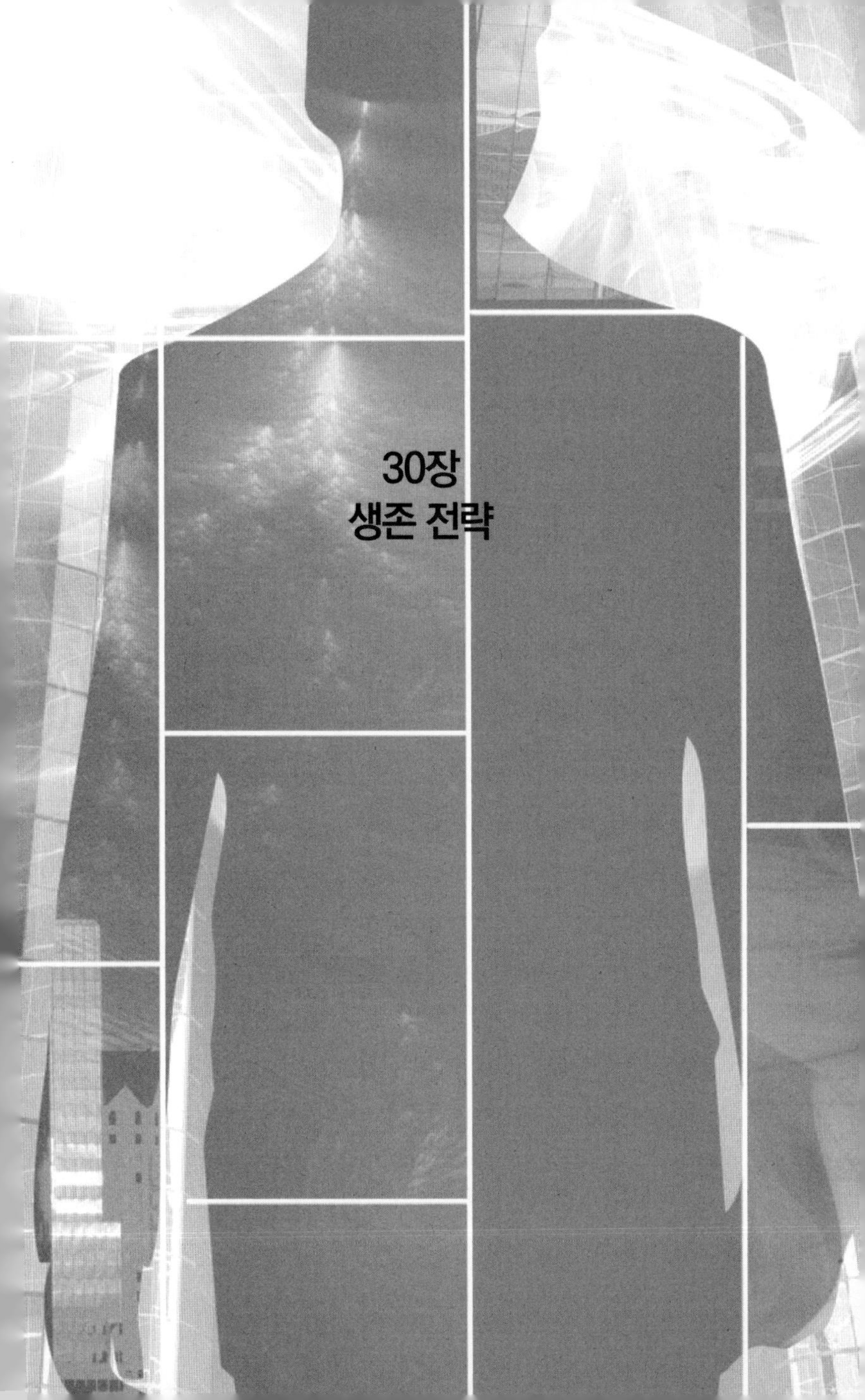

30장
생존 전략

말과 그림에 대략적인 텔레비전 광고 컨셉을 넘기고 유빈은 BD(Business Development, 사업개발)팀으로 움직였다.

BD팀은 가능성 있는 파이프라인을 발굴하고 새롭게 런칭될 약품의 지역 특화 전략을 수립하는 부서였다.

BD팀은 내근부서 중에서도 업무가 많은 팀이었다. 마케팅팀과 퇴근 시간이 거의 쌍벽을 이루고 있었다.

게다가 두 팀은 같은 층에 있어서 야근이 이어질 때면 종종 화장실 앞에서 마주치기도 했다.

말은 안 했지만, 그럴 때마다 서로를 연민하는 눈빛이 여실했다.

자기 일하기 바쁜 다른 마케팅 직원과는 달리 유빈은 종종

건너가 이야기를 나누곤 했다. 이야기하다 보면 BD팀에서 좋은 프로젝트 아이디어도 얻을 수 있었다.

"차장님, 올해 하반기나 내년 상반기에 우리나라에서 런칭하는 제품이 있나요?"

유빈이 BD팀 송 차장에게 물었다.

역시 안면을 익혀 놓으니 급할 때 도움이 되었다.

"여성건강사업부 쪽으로는 없는데요. 아, 내년 말에 뭐였더라. 그 엔젤로 작은 거 있잖아요."

"데미로드 말씀이시죠?"

"네, 맞아요. 데이로드. 그거 계획은 있어요."

데이로드가 아니라 데미로드지만 굳이 수정해 줄 필요는 없었다.

"여성건강사업부 말고 부서 전체에서는요?"

"전체요? 음, 아시아 리전에서 보내 준 메일이 있는데 한번 보실래요?"

송 차장이 흔쾌히 자신의 자리를 내주었다.

유빈은 고맙다는 인사와 함께 메일에 첨부된 파일을 열었다.

유빈이 리스트를 죽 읽어 내려갔다.

이름과 함께 약품의 적응증(효능)과 관련 과가 정리되어 있었다.

글로벌하게 런칭하는 제품도 있고, 지역에서만 런칭하는 것도 있었다.

그중 유빈의 눈에 들어오는 약품이 있었다.

"나비로이, 과민성방광염, 비뇨기과."

"그 약은 내년에 글로벌 런칭하는 거예요. 제네스 코리아에서는 전문의약품 부서가 맡을 거고."

유빈의 읊조림에 송 차장이 얼굴을 들이밀었다.

'이거다!'

나비로이의 적응증은 절박뇨, 빈뇨, 절박성 요실금, 과민성 방광 증상의 치료였다.

원래대로라면 송 차장 말대로 비뇨기과를 담당하는 전문의약품 부서가 맡는 게 맞았다.

"차장님, 고맙습니다!"

"김유빈 씨, 뭔 일인지는 알려 주고 가야지."

"나중에 밥 한번 살게요."

"그럼 더 좋고."

유빈이 물꼬를 터 준 덕분에 마케팅 부서와도 가까워졌다. 송 차장으로서는 아름다운 여성들이 모인 여성건강사업부 마케팅 직원들과 편하게 이야기할 수 있는 것만으로도 회사 다닐 맛이 났다.

개인적으로 친분이 쌓이다 보니 부서 간 관련 업무도 부드럽게 진행되었다.

"참 열심히 일하는구먼. 우리 부서로 스카우트해 왔으면 싶다."

송 차장이 기분 좋게 뛰어가는 유빈의 뒷모습을 쳐다보며 미소 지었다.

최상렬 부사장의 계획에 맞서기 위해 지금 시점에서 할 수 있는 준비를 마친 유빈은 첼시 사장에게 긴급회의를 요청했다.

"오늘 회의는 미스터 킴이 요청한 것입니다. 내용을 한번 들어보죠."

첼시 사장이 유빈에게 살짝 고개를 끄덕이며 진행권을 넘겼다.

일어선 유빈이 먼저 인사를 했다.

유빈의 앞에 앉아 있는 사람은 첼시 사장과 그녀의 비서, 박용신 전무 그리고 장결희 본부장이었다.

아무리 급하더라도 예의는 지켜야 할 자리였다.

"이렇게 모여 주셔서 감사합니다. 원활한 진행을 위해 회의는 우리말로 진행하겠습니다. 사장님 비서분은 이해 안 되는 내용이 있으면 말씀하십시오. 제가 사장님께 직접 설명하겠습니다."

주임급의 직원이 임원진을 소환한 이상한 광경이었다.

하지만 참석하고 있는 그 누구도 이상하게 생각하지 않았다. 그만큼 유빈은 그들에게 꼭 필요한 인재인 동시에 듬직한 우군이었다.

"최 부사장 쪽에서 특별한 움직임이 없는 것 같은데, 긴급하게 회의를 요청한 이유가 있나요?"

첼시 사장이 먼저 물었다.

그 말에 다른 사람도 동조하는 분위기였다.

요즘 최상렬 부사장은 거의 칩거하는 분위기였다.

아들인 최석원이 회사를 불명예스럽게 나간 뒤 자숙하고 있다는 것이 그들의 판단이었다.

유빈이 작게 한숨을 내뱉었다.

높은 곳에 있으면 전체를 볼 수 있어야 하는데 눈과 귀가 막혀 제대로 흐름을 보지 못하고 있었다.

어쩌면 이들이 유빈을 필요로 하는 이유가 여기 있는지도 몰랐다.

유빈은 일부로 강한 어조로 이야기를 시작했다.

"아닙니다. 최상렬 부사장은 모든 준비를 끝냈습니다."

"무슨 말이죠? 준비를 끝냈다니?"

유빈은 의아해하는 사람들에게 지금까지 알아낸 최 부사장의 계획을 하나씩 설명했다.

유진영 차장부터 여성건강사업부의 오버티오까지.

이야기가 진행될수록 참석자들의 표정이 어두워지다 못해 경악을 금치 못했다.

"최소한 5년 전부터 최 부사장은 은밀하게 준비해 왔습니다. 그런데 너무 은밀하다 보니 아무도 알아채지 못한 것이죠."

"……지금 여성건강사업부의 오버티오가 정확히 어느 정도죠?"

첼시 사장이 회의가 시작될 때와는 달리 심각한 표정으로 물었다. 그녀도 결재했기 때문에 오버티오라고는 알고 있었지만 그다지 큰 문제로는 생각하지 않았다.

"항암사업부 영업팀 한 명이 올리는 매출이 여성건강사업부 2.5명 정도가 됩니다."

유빈이 침착하게 대답했다.

"허, 언제 그렇게 되었지? 나는 1대 2 정도로 알고 있었는데. 장 본부장, 자네는 알고 있지 않았나?"

박용신 전무가 기가 차다는 듯이 물었다.

"저는 알고 있었습니다만 시장의 가능성을 생각하면 이 정도는 괜찮다고 생각했습니다."

"음, 평상시라면 괜찮겠지만……."

그들이 이야기를 마치기를 기다린 유빈이 조금 더 강조하며 말했다.

"본사에 계시는 분으로부터 올해 5월에 감사가 있을 거라는 언질을 받았습니다."

"올해 5월? 이제 한 달밖에 안 남았는데……."

"미스터 킴, 5월이 확실한가요? 저도 올해 감사가 있을 거라고는 알고 있었지만 정확한 시기는 본사에서 알려 주지 않았는데요."

첼시 사장이 끼어들었다. 유빈이 그 사실을 어떻게 알았는지 의문스러운 표정이었다.

"확실합니다. 누가 말해 줬는지는 말씀드릴 수 없지만 확실한 정보입니다. 그리고 이번 감사를 이끄는 사람은 본사 감사팀의 어지 데일이라고 합니다."

"어지 데일?!"

첼시 사장이 너무 큰 소리를 낸 바람에 옆에서 듣고 있던 박 전무와 장 본부장이 화들짝 놀랐다.

"사장님, 어지 데일이 누군데 그렇게 놀라십니까?"

"……작년에 제네스 차이나 감사를 주도한 사람이에요."

"네? 그럼 그 일반의약품 부서를 날려 버린……."

"네. 마크 램버트 CEO의 최측근이라 그의 감사 보고서는 저승사자의 데쓰 노트나 다름없어요. 거의 보고서대로 진행되죠. 게다가 그는 회계법인에서 오랜 시간 일해서 숫자를 신봉하는 사람이에요. 그라면 여성건강사업부의 오버티오를 가만히 두지 않겠죠……."

"이런……."

"……."

첼시 사장은 이제야 유빈이 왜 긴급하게 회의를 요청했는지 알았다. 5월에 감사가 있을 거라는 사실을 어떻게 알았느냐는 더 이상 중요하지 않았다.

회의실에 침묵이 맴돌았다.

세 사람은 머리를 짜냈지만 특별한 해결책이 떠오르지 않았다.

"그럼 최 부사장 역시 어떤 루트를 통해서건 감사팀이 언제 올지 알고 있다는 거군."

"그럴 가능성이 큽니다."

"하아, 그런데 이해가 안 되는 게 최 부사장이 사장님에게 책임을 지게 한다고 해도 본인이 사장이 되는 건 아니지 않습니까. 죄송합니다. 사장님."

박용신 전무가 답답한지 직설적으로 말하고 기분이 나쁠 수도 있는 첼시 사장에게 사과했다.

"아니에요. 이대로는 제가 책임질 확률이 높은 건 맞아요.

티오 증원을 최종 승인한 사람은 저니까요. 본사에서는 보고서에 따라 ERP를 진행하라고 할 거예요. 매출이 꾸준히 성장하고 있는 지사에서 ERP를 한다는 건 제 커리어에 큰 오점이에요. 본사에서도 아마 인사이동을 명하겠죠."

첼시 사장이 애써 힘을 내며 담담히 말하려 했지만, 표정이 어두운 건 어쩔 수 없었다.

그녀는 지금까지 거쳐 온 어떤 나라보다 한국 지사에 애정이 있었다.

"최상렬이 부사장으로 있는 동안 제네스 코리아를 거쳐 간 사장만 4명입니다. 첼시 사장님이 이번 일로 다른 곳으로 가신다면 5명이 되겠죠. 최 부사장은 지금껏 계속 본사에 어필해 왔을 겁니다. 한국 사정을 누구보다 잘 아는 한국 사람이 사장을 맡아야 한다는 논리로요."

유빈은 오라를 회의실에 퍼뜨리며 침착하게 상황을 설명했다.

너무 침착해서 첼시 사장은 서운하게 느낄 정도였다. 하지만 동시에 유빈이 뭔가 방법을 찾았다는 느낌도 받았다.

"미스터 킴, 무슨 방법이 없나요? 회의를 소집한 게 상황 설명만 해주려고 한 건가요?"

장결희 본부장은 유빈이라면 뭔가 수가 있을 것이라고 확신했다. 그가 지켜봐 온 유빈은 언제나 그랬다.

불가능하다고 생각하는 일도 가능하게 만든 것이 바로 유빈이었다.

"흠, 본부장님 말씀대로 몇 가지 방법을 준비해 봤습니다."

"역시…… 빨리 말해 보게!"

회의실 안의 모든 시선이 유빈의 입으로 향했다.

"여성건강사업부의 오바티오를 알게 된 후, 고심 끝에 해결책은 역시 일 인당 매출을 높이는 방법밖에 없다고 결론 내렸습니다."

"하지만 여성건강사업부는 한동안 신제품이 나오지 않는데……."

"장 본부장, 일단 유빈 씨의 이야기를 들어 봅시다."

유빈의 이야기에 끼어드는 장 본부장을 박 전무가 말렸다.

하지만 그의 행동을 이해 못 하는 바도 아니었다.

최상렬의 타깃이 된 첼시 사장도, 첼시 사장과 한 배를 탄 박용신 전무도 마음이 편하지 않았다.

하지만 가장 속이 타는 사람은 자신의 부하 직원이 ERP를 당하게 될지도 모르는 장결희 본부장이었다.

장결희 본부장은 부하 직원을 가족처럼 생각하는 사람이었다.

"처음으로 돌아가 보겠습니다. 애초에 왜 티오를 늘렸을까요? 명분이 뭐였을까요?"

다들 조용했다.

유빈이 심각한 표정으로 경청하고 있는 사람들을 한 번씩 둘러봤다.

유빈은 회의를 완전히 장악하고 있었다.

그보다 나이가 두 배 가까이 많은 사람도, 회사 생활을 10배 가까이 한 사람도, 본사에서 온 엘리트 사장도 유빈의 말에 집중했다.

“첫 번째는 피임과 피임약 시장이 커질 거라는 전망 때문이었습니다. 매년 장밋빛 전망을 하면서 인원을 조금씩 늘렸죠. 하지만 매년 꾸준한 성장을 보일 거로 생각한 피임약 시장은 10년 동안 1%도 증가하지 못했습니다.”

“그렇죠. 그래서 제가 미스터 킴에게 프로젝트를 맡긴 거고요.”

유빈이 고개를 끄덕였다.

“두 번째는 성장이 정체된 다른 사업부에 비해 여성건강사업부는 아직 성장기라고 생각했기 때문입니다. 그런데 한국의 출산률이 낮아지면서 반대의 상황이 되었죠.”

“최상렬 부사장은 어느 정도 상황을 예상했다는 거군.”

“그럴 수도 있지만, 상황이 그렇게 되도록 만들었을 수도 있습니다. 유진영 차장을 스카우트해 온 것도 그런 이유에서죠.”

“그래서 해결책이 있나?”

박용신 전무마저 이제는 유빈을 닦달했다.

그저 유빈이 빨리 해결책을 말해 주기를 바라는 마음은 모두 같아 보였다.

"후우, 해결책은 제가 지금 진행하고 있는 OC 프로젝트 두 번째 단계인 OTC OC의 도입입니다. 궁극적으로는 복용률을 올리기 위한 것이지만 제가 제안하는 방법은 OTC OC인 에리안의 출시와 동시에 OTC OC를 담당하는 팀을 새로 만드는 겁니다."

"자네 이야기는 약국 전담팀을 만들자는 건가?"

"네, 산부인과와 연관된 새로운 시장에 직원을 배치하는 겁니다. 산부인과에서는 매출을 확 늘리기가 힘드니까요."

"피임약 하나만 맡는다고 매출이 늘까?"

"티비 광고를 하면 순간적으로 매출이 늘 겁니다. 감사팀이 올 때쯤과 시기를 조율할 생각입니다. 그리고 에리안뿐만 아니라 산부인과와 연관이 있는 제품, 예를 들어 임산부 튼살크림 등도 약국을 대상으로 프로모션 하는 겁니다."

"직원들이 좋아하지는 않겠군. 병원 ETC 담당에서 약국 OTC 담당으로 강등된다고 생각할 테니까."

장결희 본부장은 고개를 끄덕이면서도 걱정이 앞섰다.

사람들은 변화를 싫어하고 당연히 반발이 있을 수밖에 없었다.

그래도 지금은 밀어붙여야 하는 상황이었다.

"많은 직원이 그렇게 생각할 테지만 의외로 지원하는 사람도 있을 겁니다. 순환 보직으로 해도 좋을 것 같습니다. 약국 시스템을 아는 것도 나중에 병원 영업에 도움이 될 겁니다."

"흐음, 일단 한 방법이 되겠군."

"OTC OC의 도입은 궁극적으로는 ETC OC 시장을 넓히려는 방편입니다. 약국 담당 영업 사원이 약사에게 디테일을 하고 환자가 피임약을 구매 시, 복약가이드를 나눠 줄 수 있도록 하는 겁니다."

"그래서?"

"병원에서 피임약을 처방 받아도 초기 부작용 때문에 탈락하는 환자가 많습니다. 복약 가이드에 일어날 수 있는 부작용을 명시하고 자기 전에 복용하라는 등의 복용 팁을 넣어두면 탈락률을 줄일 수 있을 겁니다."

"그렇구먼."

장결희 본부장이 고개를 끄덕였다.

유빈이 이야기하는 것은 OTC 팀과 ETC 팀 영업이 시너지를 일으키는 방법이었다.

"서울에 네 명, 광역시에 한 명 정도만 배정해도 일인당 매출이 높아질 겁니다."

"좋은 생각이지만 그 정도로는 부족할 거예요."

듣고 있던 첼시 사장의 표정은 여전히 어두웠다.

유빈이 고개를 끄덕이면 말을 이어 갔다.

"회의 요청을 하기 전에 BD팀에 다녀왔습니다. 여성건강사업부에서 새롭게 맡을 제품이 없나 해서요. 그런데 내년에 글로벌 런칭하는 제품 중에 나비로이라는 약품이 있습니다."

"나비로이?"

"절박뇨나 절박성 요실금, 과민성 방광 증상의 치료가 적응증입니다. 여성분들 중에는 산부인과 질환과 함께 오는 경우가 많죠."

"나비로이를 여성건강사업부에서 맡자는 거군!"

듣고 있던 장결희 본부장이 손을 마주쳤다. 안 그래도 신제품의 출시가 늦어지면서 부서 영업팀의 활력이 줄어든 상태였다.

"BD에서는 전문의약품 부서에 넘길 계획을 짜 놓은 것 같습니다. 주로 비뇨기과에서 처방이 나오기 때문이죠."

"그건 제가 BD팀에 말하죠."

"네, 안 그래도 부탁드리려고 했습니다."

첼시 사장도 조금은 편해진 모습이었다. 아무런 방법이 없을 것으로 생각했는데 역시 미스터 킴이었다.

"그럼 나비로이는 두 부서에서 나눠서 하는 거군."

"그게 끝이 아닙니다."

"또 있나요?"

"이번 일을 계기로 여성건강사업부가 이제 산부인과라는 틀에서 벗어날 때가 되었다고 생각합니다."

"무슨 소리죠?"

"비뇨기과도 여성건강사업부에서 맡는 겁니다."

회의실이 갑자기 조용해졌다.

"왜 여성건강사업부서는 산부인과만 담당해야 하는 걸까요? 그렇게 해야 한다고 정해져 있는 것도 아닌데요."

침묵을 깨고 유빈이 화두를 던졌다.

"오…… 무슨 말인지 알았어요."

첼시 사장이 가장 먼저 반응했다.

박용신 전무나 장결희 본부장이나 회사에서 이십 년 넘게 일하다 보니 여성건강사업부는 곧 산부인과라는 생각에 사로잡혀 있었다.

너무나 당연하게 생각하다 보니 유빈의 질문 아닌 질문에 바로 대답을 못 한 것이었다.

"모든 비뇨기과는 아니더라도 여의사가 진료하는 여성 전문 비뇨기과 위주로 디테일링을 하는 겁니다."

유빈의 생각에 첼시 사장이 환한 웃음을 지었다.

그의 통찰력이 그저 놀라울 뿐이었다.

"담당 진료 과가 두 개로 늘었으니 매출이 상당히 증가하겠군요. 좋아요. 좋아."

"새로운 진료 과를 대상으로 영업팀을 세팅하기가 쉽지는 않겠지만, 저는 제네스의 MR이라면 금방 적응할 수 있다고 생각합니다."

"장 본부장, 가능하겠습니까? 계획을 짜려면 시간이 촉박할 수도 있습니다."

"후우, 전무님. MR은 불가능을 가능하게 만드는 사람들입니다. 아끼는 직원들이 ERP로 나가는 것을 막을 수만 있다면 밤새서 일하는 게 문제겠습니까?"

세 사람의 표정이 고무되었다.

유빈의 계획이라면 오버티오에 대한 대비책으로는 충분한 것 같았다.

하지만 유빈은 발표 전과 다름없이 신중함을 유지했다. 아직 마음에 걸리는 게 있었다.

유빈이 마련한 방편에 얼굴이 어느 정도 편해진 3인방과는 달리 유빈의 표정은 아직 심각했다.

"미스터 킴, 왜 그래요?"

"이 정도 대비책이면 괜찮을 것 같다는 생각이 들면서도 그 어지 데일이라는 사람이 마음에 걸립니다."

"어지 데일……."

첼시 사장도 유빈의 표정을 따라갈 수밖에 없었다.

다른 사람도 아닌 저승사자 어지 데일이다.

"미스터 킴의 말이 맞네요. 더 확실하게 준비할 필요가 있겠어요. 감사까지는 아직 시간이 있으니까 아이디어가 떠오르면 바로 공유하기로 해요."

"알겠습니다. 사장님."

박 전무와 장 본부장이 같이 고개를 끄덕였다.

"미스터 킴, 수고했어요. 아니, 수고라는 말로는 부족하겠네요. 정말 고마워요. 미스터 킴한테는 처음 만났을 때부터 계속 고맙다는 인사를 하게 되는군요."

유빈도 면접 날 회사 앞에서 첼시 사장을 처음 만난 일이 떠올랐다. 벌써 일 년 전의 일이었다.

"감사 인사는 무사히 감사를 마치면 받겠습니다."

유빈은 나름 라임을 살려 봤지만, 미국인인 첼시 사장이 알 리 없었다.

"그나저나 최상렬 부사장이 유진영을 그런 의도로 뽑았다는 사실은 충격적이군. 사장이 될 수만 있다면 회사가 어떻게 돼도 상관없다는 말 아닌가!"

유빈은 박용신 전무가 큰소리를 내는 모습은 처음 봤다.

그만큼 최상렬에게 분노하고 있다는 뜻이었다.

"저도 영업팀에서 하도 유진영 차장을 욕하기에 적당히 하라고 한 적이 있습니다. 원래 마케팅과 영업은 친해지기가 어렵지 않습니까? 그런데 지금 유빈 씨의 이야기를 듣고 보니 조금 더 영업팀의 이야기를 들어 볼 걸 하는 후회가 듭니다."

장결희 본부장이 자책하며 박 전무의 말을 받았다.

"사장님, 지금이라도 유 차장을 다른 부서로 보내야 하지 않을까요?"

"올해가 끝나면 모를까. 지금 당장은 힘들지 않을까요? 명분도 마땅치 않고 다른 부서에서도 그녀를 원하지 않을 겁니다. 다른 사업부의 입장도 고려해야죠."

"하아, 유진영 이 사람을 어쩐담……."

하긴 다른 부서로 보내도 민폐였다.

"전무님, 너무 걱정하지 않으셔도 됩니다. 유진영 차장에 관한 부분은 자연스럽게 해결될 겁니다. 일단 상황을 지켜보시죠."

어리둥절해하는 다른 사람과 달리 유빈은 확신하는 투로 말했다.

회의를 마치고 나온 유빈이 복도를 천천히 걸었다.

유진영보다 유빈이 신경 쓰는 사람은 어지 데일이었다.

듣기로 어지 데일은 숫자를 신봉하는 사람이었다.

숫자.

숫자에는 사람이 보이지 않는다. 미래도 보여 주지 않는다. 그저 과거의 흔적을 쫓을 뿐이었다.

그에 비해 유빈이 마련한 대비책은 미래에 이렇게 될 거라는 계획에 불과했다.

어지 데일이라면 계획을 인정하지 않을 수도 있었다.

아직 나타나지 않은 숫자이기 때문이었다.

'역시 이것만으로는 부족해.'

유빈이 전화기를 꺼내 들었다.

"박 과장님, 프로젝트 관련해서 상의 드릴 게 있습니다. 내일 회사로 들어오실 수 있으세요? 네. 그럼 내일 뵙겠습니다."

유빈은 유진영 차장과 약속 장소로 가기 위해 택시를 잡았다.

뒷자리에 같이 앉아 있지만 두 사람은 서로 반대쪽 창문만 쳐다봤다. 앞에서 운전하고 있는 택시 기사가 다 어색할 정도로 찬 공기가 쌩쌩 불었다.

물론 냉기의 근원지는 유진영 차장이었다.

그녀가 의사회 발표 자리에 동행하기를 요청한 사람은 다름 아닌 유빈이었다.

유빈은 제네스의 OTC OC의 판매 계획에 대해 의사회에 알리고 동시에 피임약 텔레비전 광고 내용을 컨펌받기 위해 자리를 마련했다.

발표 대상은 의사회 임원진으로 권영석 회장을 비롯한 부회장 세 명과 총무이사가 포함된 이사 네 명, 전부 여덟 명이었다. 임원진 모두 각자 병원을 운영하고 있어서 저녁에 식사와 함께 발표 자리를 마련한 것이었다.

"다시 한 번 말하지만, 산부인과의사회에서 부정적인 견해를 보이면 그대로 접어야 해요. 알았죠? 난 그냥 가만히 있을 거예요. 내가 유빈 씨하고 같이 가는 것도 의사회의 반응을 확인하러 가는 것뿐이에요."

"알겠습니다. 차장님."

벌써 몇 번째 다짐을 받는지 몰랐다. 그녀의 도움은 전혀 기대하지 않고 있었다. 게다가 이제는 아예 드러내 놓고 유빈이 실패할 거로 확신하는 투였다.

택시 안이 조용해지자 유진영이 흘낏 옆자리에 앉은 유빈을 쳐다봤다.

긴장될 만한 상황인데도 그는 침착하기 그지없었다.

하지만 그럼에도 유빈의 계획이 절대 찬성 받지 못할 거로 철석같이 믿었다. 자기 밥그릇을 내줄 의사는 없었다. 특히,

요즘 같은 때의 산부인과라면 더욱 그랬다.

먼저 식당에 도착해 빔프로젝터와 발표 자료를 세팅하고 있자 한 사람씩 식당의 별실로 들어왔다.

병원이 서울 각지에 흩어져 있다 보니 도착 시각이 다를 수밖에 없었다.

짧은 인사와 함께 자리에 착석해 스마트폰만 들여다보는 사람도 있고 지금처럼 말을 거는 사람도 있었다.

"유 차장님, 오랜만이네요. 작년 추계학회 때 보고 처음인가요?"

"네, 이사님, 안녕하세요."

유진영 차장이 의사회의 총무이사인 임연재 원장에게 인사했다. 둘 다 그다지 밝은 표정은 아니었다.

"웬일이에요? 의사회 모임 있을 때는 잘 오지도 않는 분이."

임연재 원장의 말에 뼈가 있었다.

사실 유진영 차장은 의사들과 만나는 일을 꺼리는 편이었다. 학회나, 의사회에도 PM을 대신 보내고 어쩔 수 없는 경우, 즉 KOL(Key Opinion Leader, 학계에 영향력 있는 의사)만 상대했다.

의사를 상대로 저자세를 취해야 하는 상황이 그녀에게는

힘든 일이었다.

"……일이 바쁘다 보니 자주 참석을 못 했습니다."

"그러시겠죠. 그런데 이쪽은 누구신가요?"

임 원장이 유빈을 가리키자 유 차장이 마지못해 소개했다.

"이번에 마케팅에서 OC 프로젝트를 담당하게 된 김유빈 씨입니다."

인사를 한 유빈이 고개를 갸웃거리며 질문을 했다.

"원장님, 혹시 의정부에 장인숙산부인과라고 아시나요?"

"어머, 그럼요. 제 친구가 하는 병원이에요."

딱딱했던 그녀의 표정이 순식간에 펴졌다.

"역시, 그렇군요. 제가 작년에 강북 지역 담당 MR이었습니다. 장 원장님이 가끔 임연재 원장님 말씀을 하셔서 기억이 났습니다."

"그래요? 뭐라고 하던가요?"

"대학교 입학 동기인데 예쁘고 말도 잘해서 산부인과의사회에서 임원 하고 있다고 그러시더라고요."

"걔가 그랬어요?"

"네, 병원 컨설팅할 때 임 원장님 병원 인테리어를 참고하고 싶다고 하시면서 그러셨습니다."

반문과 함께 좋아하는 티가 역력했다.

"아, 그분이구나! 장 원장이 원래 남 이야기 잘 하지 않는

친구인데 자기 병원 담당 제네스 영업사원을 어찌나 칭찬하던지. 홈페이지도 만들어주고 많이 도와줬다고 하더라고요."

건너 듣는 칭찬에 유빈 역시 뿌듯한 미소를 지었다.

"그저 제 일을 한 것뿐입니다. 안 그래도 저번 주에 원장님께 안부 전화했습니다. 따님이 성훈 초등학교 입학했다고 좋아하시더라고요."

"어머, 인숙이, 아니, 장 원장하고 아직도 연락해요?"

"그럼요. 찾아뵙지는 못해도 연락은 꼬박꼬박하고 있습니다."

"처음 봐요. 보통은 담당을 그만두면 연락을 잘 않던데……."

임 원장이 새삼스럽게 유빈을 쳐다봤다.

"장 원장님과 동기시면 임연재 원장님도 경대 72학번이신가 봐요."

"네, 맞아요. 정말 별걸 다 아네요."

유 차장은 끊임없이 이어지는 둘의 대화를 그저 지켜보기만 했다.

아직 발표를 시작하지도 않았는데 의사회 임원진 중 가장 깐깐한 임연재 원장이 동네 아줌마처럼 편하게 수다를 떨고 있었다. 만난 지 5분도 채 안 되었는데 이미 유빈이 마음에 든 모양이었다.

그녀로서는 도저히 이해할 수 없는 광경이었다.

유빈은 차례로 들어오는 임원 한 사람, 한 사람을 챙겼다. 어디서 정보를 들었는지 이야깃거리가 끊이지 않았다.

호감을 산 유빈은 발표 전에 앞서 우리 집 막내 PPL에 대한 이야기를 슬쩍 꺼냈다.

"오호, 김유빈 씨가 우리 집 막내 PPL을 기획한 분이군요. 저도 그 장면 봤는데 피임약에 대해서 여주인공이 이야기할 때 속이 다 시원했습니다. 하하."

"우리 집 막내 끝나면 이제 뭐 보나. 요즘 제 낙이 그 드라마 보는 일이랍니다."

"우리 의사회랑 같이 진행했으면 더 좋았을 거라는 아쉬움은 있습니다."

임원진들도 드라마에 대해 한마디씩 하기 바빴다. 그만큼 우리 집 막내는 산부인과 의사 사이에서도 이슈였다.

유빈이 PPL을 담당했다는 사실을 알자 유빈을 쳐다보는 사람들의 시선도 달라졌다. 그저 호감인 사람과 호감이면서 동시에 능력까지 겸비한 사람은 하늘과 땅 차이였다.

'아무리 의사들의 호감을 사도 안 되는 건 안 되는 거야.'

마치 제삼자처럼 광경을 지켜보는 유 차장이 고개를 저었다.

영업사원으로서 의사의 호감을 사는 유빈의 탁월한 능력

은 인정했다. 하지만 지금부터 발표할 내용은 차원이 다른 문제였다.

유 차장의 생각과는 상관없이 조명을 어둡게 한 유빈이 프리젠테이션을 시작했다.

“보시는 표는 지난 10년간 피임약 시장의 매출 변화입니다. 자료는 IMS 데이터를 참고했습니다. 자연 증가분과 신제품 효과로 꾸준히 증가는 하고 있지만 10년 전과 올해가 큰 차이가 없는 걸 알 수 있습니다.”

더욱 강력해진 유빈의 오라가 참석자들을 감쌌다.

유빈은 의사회 임원진 중 입김이 가장 강한 사람을 찾았다.

누구의 오라가 공격적이고 강력한가.

뜻밖에 회장인 권영석 원장이 아니라 지금까지 별 말이 없는 부회장 송정준 원장의 오라가 그랬다.

유빈은 되도록 송 부회장과 아이 컨택을 하며 발표를 진행했다.

“저희 제네스 코리아에서 산부인과 의사회와 그동안 많은 캠페인을 진행했습니다. 하지만 안타깝게도 피임에 대한 인식 변화에는 영향을 주지 못했습니다.”

유빈이 역시 설문 조사를 통해 피임에 대한 대중들의 인식과 피임약 복용률의 변화를 보여 줬다.

‘원래 이렇게 발표를 잘했나?’

일목요연한 자료와 깔끔한 발표에 무심하게 지켜보던 유 차장마저 시선을 떼지 못했다. 슬쩍 다른 의사들을 보니 모두 집중하는 표정이었다.

"저는 정체된 시장에 대한 돌파구로 OTC OC를 도입할 계획입니다. 오늘 이 자리는 OTC OC에 대한 산부인과의사회 임원분들의 이야기를 들어보려고 마련한 자리입니다."

"OTC OC요? 그럼 제네스에서 약국에서 판매할 수 있는 피임약을 판매하겠다는 이야기인가요?"

"아니, 안 그래도 병원에 환자가 없어서 문제인데 피임약마저 약국에서 팔면 되겠습니까?"

태클이 들어오기 시작했다. 당연한 반응이었다.

예상하던 대로 일이 돌아가자 유진영 차장의 안색이 밝아졌다.

유빈은 침착하게 임원들의 말이 끝날 때까지 기다렸다.

"송 부회장님은 어떻게 생각하시나요?"

"음, 일단 더 들어보죠. 제네스에서 우리 의사회와 척을 질 게 아니라면 방법을 생각해 왔을 것 같습니다."

유빈의 생각이 맞았다.

송 부회장이 한마디 하자 분위기가 조금 진정이 되었다.

"부회장님 말씀처럼 OTC OC를 들여오는 목적은 저희 제품의 판매량을 늘리려는 의도가 아닙니다. 시장을 크게 만들기 위한 극약처방입니다. 이번에 에리안이라는 OTC OC를 들여오면서 제네스에서는 두 가지 버전의 텔레비전 광고를 준비했습니다. 한번 보시죠."

유빈이 동영상을 재생했다.

은은하면서 마음을 따뜻하게 해주는 뉴에이지 음악이 깔렸다.

"후회는 안 해요. 아이는 저에게 생긴 가장 큰 축복이죠."

한 여성이 인터뷰하는 것처럼 부드러운 목소리로 이야기를 시작했다.

"그런데 힘든 건 사실이에요. 남편이 배신하고 가족마저 모두 등을 돌렸어요. 경제적인 문제 때문에 아이를 입양기관에 맡길 생각도 해봤지만, 도저히 안 되겠더라고요. 아이를 키우면서 제 나름대로는 최선을 다하고 있지만 안타까워요. 만약 제가 준비되었을 때, 아이를 가졌으면 더 좋은 환경에서 잘 키울 수 있을 것 같다는 아쉬움이요. 과거로 돌아갈 수 있다면 누가 뭐라고 해도 남자한테 맡기지 않고 제가 피임을 철저히 할 것 같아요."

화면 밑으로 '인생극장-한 여자 편'이라는 문구가 지나갔다.

화면이 이어지면서 우리 집 막내에 출현하고 있는 김혜민이 나왔다.

"콘돔의 피임 성공률은 85%에서 95%입니다. 하지만 국내 콘돔 사용률은 불과 11%에 불과합니다. 간편함 때문에 자연 주기법을 이용하기도 합니다. 하지만 피임 성공률은 75%로 피임이 목적이라면 도박에 가깝습니다. 먹는 피임약은 제대로 먹었을 경우, 99% 이상의 피임 성공률을 보입니다."

그래픽과 함께 나레이션과 문구가 이어졌다.

"여성 여러분, 자신의 인생을 사랑한다면 자신의 선택으로 인생을 계획하세요."

–경구피임약은 가까운 약국에서 구매할 수 있으며 전문적인 피임 상담은 산부인과 전문의에게 받을 수 있습니다–

순한 피임약이라는 캐치프레이즈와 함께 에리안의 이미지가 잠깐 나타나며 광고가 끝이 났다.

유빈이 실내등을 다시 밝혔다.

어떤 의미인지는 아직 모르지만 상기된 사람도 있었고 임원들 대부분의 표정이 나쁘지 않았다.

"아직 허락받지는 못했지만, 광고 마지막에 의사회 문구를 넣어 봤습니다. 임원진 여러분께서 재가해 주시면 공중파 프라임타임에 광고를 내보낼 생각입니다."

조용한 가운데 임원진들이 서로를 쳐다봤다.

결국, 시선이 권영석 회장과 송정준 부회장에게 향했다.

"광고 자체는 마음에 듭니다. 지금까지 우리나라에서 피임약 광고를 텔레비전에서 본 적이 없어서 신선하네요. 거기다가 공중파 광고를 한다니. 흐음. 회장님은 어떠십니까?"

송 부회장은 흡족한 표정으로 마이크를 권영석 회장에게 넘겼다. 그럴 만도 했다.

유빈이 광고에서 집중한 것은 제품이 아니라 메시지였다. 그것도 산부인과의사회에서 밀고 있는 '전문적인 피임 상담은 산부인과 전문의에게 받을 수 있습니다.' 프레이즈를 그대로 사용했다.

제품 광고가 들어가기는 하지만 비중이 크지 않았고 오히려 산부인과가 더 강조된 느낌이었다. 광고를 본 사람은 모두 유빈이 의사회를 배려했다는 느낌을 받았다.

게다가 현재도 OTC로 팔리는 피임약이 있기도 했다. 국내 소형 제약회사에서 판매하는 약품이라 점유율은 낮았지만 이미 카테고리가 존재하고 있어서 유빈이 밀어붙인다면 제네스의 시도를 막을 만한 명분은 없었다.

그런데도 유빈은 의사회의 의견을 첫 번째로 물은 것이었다. 임원들의 기분이 좋을 수밖에 없었다.

"거, 공중파에서 광고하면 비싸지 않나요?"

연세가 있는 권영석 회장이 궁금한 표정으로 물었다.

"상반기 5억, 하반기 역시 5억 정도로 생각하고 있습니다."

"호오, 정말요?"

"이야. 제대로네."

돈 이야기가 나오자 방 안이 들썩거렸다.

무려 10억을 투자한다는 소리였다.

"이해가 잘 안 되네요. 우리 의사회에서는 반길 만한 광고지만 제네스에 도움이 되나요? 이렇게 광고를 하면 반드시 제네스 제품의 매출이 올라간다는 보장은 없잖아요."

임연재 총무이사가 유빈의 의도를 파악하기 위해 나섰다.

"이사님께서도 아시겠지만, 제네스 코리아는 피임 시장에서 선두 주자이며 부동의 1위를 유지하고 있습니다. 하지만 처음에 보여 드렸던 자료처럼 시장의 크기는 10년 동안 크게 변하지 않았습니다. 시장을 주도하는 기업은 판을 키울 의무가 있습니다. 물론 광고로 피임에 대한 인식이 바뀌면 다른 회사의 매출도 늘어나겠지만, 결과적으로는 전체 시장이 커질 것이라 믿습니다."

"멋지네요. 이런 광고라면 반대할 이유가 없네요. 여러분들은 어떠세요?"

임연재 총무이사는 유빈의 대답에 만족스럽게 고개를 끄덕였다. 왜 장 원장이 그토록 침이 마르게 칭찬했는지 알 것 같았다.

권영석 회장이 임원들의 의견을 일일이 물었고 만장일치로 유빈의 제안을 승낙했다.

"10억이라니. 제네스에서 산부인과의사회를 이렇게 밀어주는데 우리도 앞으로 열심히 도와주겠습니다. 오늘 수고했어요. 김유빈 씨."

식당에서 나온 유빈이 의사회 임원들을 배웅했다.

"우리 병원도 유빈 씨 같은 MR이 담당했으면 좋겠네요. 호호. 부탁할 일 있으면 연락 줘요."

임연재 총무이사가 마지막으로 인사를 건넸다.

"감사합니다. 원장님, 그런데 송정준 부회장님이 혹시 내년에 의사회 회장을 맡으시나요?"

"어머, 어떻게 알았어요? 아직 밖으로 이야기가 나가지는 않았을 텐데. 아무튼, 확정은 아니지만 거의 그렇게 될 확률이 높아요."

"아, 그렇군요. 조심히 들어가세요."

빔프로젝트와 노트북을 챙긴 유빈이 언젠가부터 말이 없어진 유진영 차장을 쳐다봤다.

"휴우, 잘 끝나서 다행이네요. 차장님, 전 회사로 들어갈 건데 어떻게 하시겠습니까?"

"……광고는 언제 준비한 거예요?"

유 차장은 유빈의 질문을 못 들은 사람처럼 내키지 않는 목소리로 물었다.

이미 그녀의 영혼은 몸에서 반쯤 빠져나간 상태였다.

유빈이 임원진을 다루는 솜씨를 처음에는 쓸데없는 영업이라며 속으로 비하했다. 하지만 그 영업의 효과는 대단했다.

유 차장은 알고 있었다.

만약 유빈이 의사들과 아무런 소통 없이 바로 발표를 했다면 내용의 중간도 가지 못 하고 욕만 먹었을 것이라는 사실을.

처음부터 분위기를 부드럽게 만들어 놨기 때문에 내용이 그들의 마음에 안 들어도 끝까지 들을 수 있는 인내심을 만들어준 것이다.

결국, 유빈은 원하는 것을 정확히 얻어 냈다.

그리고 자신이라면 절대 하지 못할 일이었다.

"말과 그림과 밤새 가며 준비했습니다. 김혜민 씨와 출연해 주신 미혼모분은 제가 섭외했고요."

유 차장의 눈이 동그래졌다.

직접 섭외까지 했다니. 도대체 언제…….

대단하다는 생각은 들었지만 그래도 지기는 싫었다.

"광고비로만 10억을 쓴다고요? OC 프로젝트 전체 예산이 10억이고 이미 PPL로 최소 3억은 썼을 텐데, 그리고 프라임타임에 광고를 넣으려면 10억으로도 모자랄 텐데 그렇게 공수표를 날리면 안 되죠."

"우리 집 막내 PPL은 1억2천으로 해결했습니다. 그리고 모자란 부분에 대해서는 생각하고 있는 방법이 있습니다. 그리고 광고는 수, 목요일 우리 집 막내가 시작하기 전에만 넣을 생각입니다. 프라임 타임은 15초 기준으로 천만 원 정도니까 상당히 오랜 기간 광고가 가능합니다."

광고도 광고지만 유빈이 노리는 것은 광고로 인한 파급효과였다. 그의 예상에 피임 광고는 인터넷상에 새로운 컨텐츠를 자생적으로 만들어 낼 가능성이 컸다.

하지만 이런 이야기까지 유진영에게 해줄 필요는 없었다.

"1억2천이라고요? 어떻게……."

"드라마가 시작하기 전에 먼저 계약해서 절약할 수 있었습니다."

"드라마가 시작하기 전에 계약했다고요?"

유진영 차장의 머릿속이 혼란스러워졌다. 도저히 그릇의 크기를 측정할 수가 없었다.

"……에리안이 식약처에서 판매 허가를 받으려면 한두 달 안에는 불가능할걸요."

그녀가 남아 있는 마지막 발악을 했다.

전에 유빈이 OTC OC에 대해 처음 이야기할 때, 지적하려고 했던 내용이었다. 하지만 유 차장은 지적 대신 입을 다물었다. 유빈이 놓치고 있는 사실을 굳이 말해 줄 필요는 없기 때문이었다.

"에리안은 프로젝트를 시작할 때, 그러니까 연초에 이미 식약처에 허가 신청을 해놨습니다. 에리안의 황체 호르몬인 레보게스트렐은 2세대 피임약에 들어 있는 성분이고 현재 국내에서 판매되는 피임약에도 들어 있어서 허가받는 데는 별로 시간이 걸리지 않았습니다."

"허, 허가를 벌써 받았다고요?"

"네."

"설마, 그걸 다 고려해서 에리안을 고른 건가요?"

"네. 게다가 에리안은 에치닐 에스트라디올이 0.02㎎이라 저용량 피임약이라는 차별화된 포지셔닝을 할 수 있습니다. 홍보하는 데 도움이 많이 될 겁니다."

유빈은 학생에게 설명하듯이 친절하게 답변했다.

"……."

유진영 차장은 말을 잇지 못하고 그저 유빈을 빤히 쳐다봤다.

그녀는 최상렬 부사장의 말대로 유빈에게 한 번도 마케팅 인력을 내준 적이 없었다.

그런데도 유빈은 시간 안에 해야 할 일을 모두 완수했다. 게다가 일 처리는 어떤가.

완벽했다. 최소한 그녀가 보기에는 그랬다.

유빈은 한두 수가 아니라 최소 열 수는 앞을 보며 움직이고 있었다.

유진영 차장이 자기도 모르게 유빈의 심유한 시선을 피했다. 자신은 당연히 실패할 거라고 장담했던 일을 유빈은 멋지게 성공했다.

고등학생 때 시험에서 일등 하지 못해 느꼈던 열등감이 몇십 년 만에 되살아났다.

"……저는 여기서 퇴근하겠습니다. 내일 보죠."

유빈이 인사하기도 전에 유 차장이 택시를 잡아 탔다.

시야에서 순식간에 사라진 택시를 물끄러미 쳐다보던 유빈도 택시를 잡았다.

회사로 들어간 유빈은 시간을 확인하고 우선 말과 그림에 전화를 걸었다.

"박 과장님, 늦은 시간에 죄송합니다. 산부인과의사회와는 이야기가 잘되었습니다."

–휴우, 한숨 돌렸네요. 정말 잘되었습니다. 수고하셨습니다. 매니저님.

"과장님도 회사에 계신가요?"

—매니저님이 일하는데 저, 저도 쉴 수는 없죠. 내일 의약품 광고심의위원회에 제출할 자료를 최종적으로 확인하고 있었습니다. 한 번에 통과해야 할 텐데요.

“만약에 의사회에서 반대했다면 어떻게 하시려고 벌써 준비하고 계세요.”

—저, 저는 매니저님을 믿었습니다.

더듬거리는 박 과장의 말투에서 진심이 묻어나왔다.

“……고맙습니다.”

—제가 고맙죠.

“이런 이야기는 다 끝나고 할까요? 하하.”

—그, 그럴까요? 하하.

“심사위원회에서 트집 잡을 만한 내용은 여러 번 체크했으니까 내일은 괜찮을 겁니다. 이제 그만 들어가서 쉬세요.”

—한 번만 더 화, 확인하고 들어가겠습니다. 아, 그리고 말씀하신 일도 잘 진행되고 있습니다. 업체는 선정했고 시간이 빠듯하기는 하지만 가능할 것 같습니다. 다만, 급히 진행하다 보니 예상보다 비용이 더 드, 들었습니다. 죄송합니다.

“무슨 말씀이세요. 제가 갑자기 부탁한 건데요. 괜찮습니다. 흐음, 광고 한 달 후에 결과가 나오니까 아슬아슬하겠네요.”

—시간에 반드시 맞추겠습니다.

“알겠습니다. 이제 정말 들어가세요. 형수님이 제 욕 하고 계실 겁니다."

–매니저님도 적당히 하시고 들어가세요. 하하.

"알겠습니다."

말과 그림, 아니, 박 과장을 선택한 건 정말 신의 한 수였다. 역시 에이전시를 선택할 때, 가장 중요한 요소는 경험도, 능력도, 이름값도 아닌 같이 일할 사람이었다.

박 과장과의 통화를 마친 유빈이 시계를 봤다.

시침이 숫자 10을 지나고 있었다.

이번에는 달력을 확인했다.

어지 데일의 감사 예정일이 붉은색 펜으로 테두리가 덧칠해져 있었다. 유빈은 그 첫날에 'Survey'라고 써 놓았다.

"휴우."

호흡을 가다듬었다.

안달한다고 해서 될 일이 아니었다.

"세 분은 내가 이렇게 준비하고 있는 걸 알라나."

유빈이 툴툴거리며 전에 인사부에서 챙겨 온 자료를 가방에서 꺼냈다.

하지만 내용을 보면서 그의 표정은 점점 진지해졌다.

한쪽에 분류해 놓은 자료를 하나하나 영역하기 시작했다. 아무리 영어를 잘하는 유빈이라도 10년 치 자료를 모두 영역하는 데는 상당한 시간이 걸렸다.

"최상렬, 이번엔 네 차례다."

"오빠! 왜 이렇게 일찍 출근했어요?"

"어? 서윤아! 이 시간에 웬일이야? 무슨 일 있어?"

10에 있던 시침이 어느새 6을 가리키고 있었다.

"오늘 대구에 있는 여성병원에서 점심 세미나가 있어서요. 제가 발표하기로 했거든요. 바로 기차역으로 가려고 했는데 발표 자료가 들어 있는 USB를 회사에 놓고 갔어요. 근데 오빠…… 설마 회사에서 밤샌 거예요?"

주서윤이 유빈을 살폈다.

얼굴도 살짝 피곤해 보이고 다시 보니 유빈의 정장과 넥타이가 어제와 똑같았다.

"아무한테도 안 들킬 줄 알았는데 바로 알아보네. 하하. 해야 할 일 있어서…… 그렇게 됐어. 괜찮으니까 걱정 마."

"괜찮긴 뭐가 괜찮아요! 안 되겠어요. 지금까지는 참았는데, 차장님한테 이야기해서 제가 OC 프로젝트 보조할게요."

주서윤이 다부진 표정으로 전의를 다졌다.

유 차장의 날카로운 눈빛과 샤우팅을 견뎌 내려면 이 정도

각오는 필요했다.

유빈이 배시시 웃었다. 주서윤의 표정만 봐도 피로가 가시는 듯했다. 거의 호심법과 맞먹는 효과였다.

“왜 그렇게 웃어요? 진짜 이야기할 거라니까요”

“고마워. 갑자기 힘이 난다. 가자, 내가 밑에까지 바래다 줄게.”

“이씨, 진짜 할 건데…… 이 오빠가 왜 내 말을 안 믿지…….”

“믿어, 믿어.”

“아니잖아요. 표정이 아닌데. 차장님이 아무리 뭐라고 해도 이번에는 물러서지 않을 거예요!”

“의외로 유 차장님이 쉽게 허락해 줄지도 모르지.”

“네?”

유빈의 알 수 없는 말에 주서윤이 고개를 갸웃거렸다.

“차장님, 유빈 씨가 영업회의에 같이 참석해 달라고 하는데 어떻게…… 할까요?

“……네? 지금 뭐라고 했어요?”

무슨 일이 있는지 종일 넋 나간 표정으로 앉아 있던 유진영 차장이 다가온 서인아를 힘없이 쳐다봤다.

"유빈 씨가 영업회의에 같이 참석하자고 해서요."

"아, 그래요? 그럼 참석하세요."

"네? 아, 알겠습니다."

서인아가 고개를 갸웃거렸다.

오늘만 몇 번째인지 여성건강사업부 마케팅팀에 고개를 갸웃거리게 하는 바이러스라도 도는 모습이었다.

서인아가 삐딱한 고개를 바로 세울 생각도 없이 홍경은 과장에게 작게 물었다.

"과장님, 유 차장님 상태가 왜 저래요? 완전 맛이 갔어요."

"쉿! 작게 말해. 나도 몰라. 오늘 종일 저러네. 어제 유빈 씨 하고 무슨 일 있었나? 같이 의사회 다녀왔잖아."

"설마 머리끄덩이 잡고 싸운 건 아니겠죠?"

유빈의 귀에는 속삭이는 소리까지 다 들렸지만 모르는 척 앉아 있었다.

유빈은 의사회에 갈 때 일부러 유진영 차장의 동행을 요청했다. 유빈은 그녀가 외부에서 다른 사람이 아무리 뭐라고 해도 바뀌지 않을 타입이라는 것을 알았다.

눈치는 없고 자존심은 엄청 강한 사람.

이런 사람의 자존심 또는 자부심을 꺾기 위해서는 마음속에서부터 자신의 부족함이 우러나게 만들어야 했다.

실제로 유진영은 의사회에서 유빈의 능력을 보고 충격을 받았다.

하나에서 열까지.

의사를 상대하는 영업력, 탁월한 발표 능력, 철저한 준비성, 미래를 보는 통찰력. 설득할 수 있다는 자신감 또는 확신.

다른 사람과의 관계는 몰라도 마케팅 일 하나는 잘하고 있다고 생각한 그녀의 마음이 유빈의 능력을 두 눈으로 보면서 꺾여 버린 것이었다.

마음이 꺾이자 일할 의욕도 경쟁심도 사라져 버렸다.

더는 유빈을 방해해야 할 이유가 사라져 버린 것이다.

그녀가 지금의 상태를 극복할 수 있을지는 모를 일이었다. 하지만 마음에 새겨진 패배감은 그 어떤 징계보다 아플 것이었다.

"PM님, 시간 다 되었습니다."

유빈이 자리에서 일어났다. 유진영 차장은 더는 방해물이 되지 않았다. 이제 남은 사람은 최상렬이었다.

"지점장님, 안녕하십니까."

키가 큰 강북 2팀 이혁 지점장이 유빈의 인사에 다짜고짜 헤드락을 걸었다.

그 나름의 반가움의 표시였다.

아니면 고마움을 표현하는 수줍은 세레모니일 수도 있었다.

유빈도 그걸 알기에 그냥 가만히 받아 줬다.

강북 2팀은 유빈이 빠졌는데도 1분기 영업 달성률 1등을 수성했다.

유빈이 맡았던 강북구와 도봉구, 노원구의 매출이 폭발하면서 작년 이상의 실적이 나오고 있었다.

현재 담당자인 김성국도 잘하고 있지만, 유빈이 뿌려 놓은 씨앗이 싹을 틔우고 있기 때문이라는 사실 정도는 영업팀 모두 알고 있었다.

원장들 사이에 입소문이 퍼지면서 병원 홈페이지 작업과 최재승 대표의 컨설팅은 계속 이어지고 있었다. 그리고 산부인과와 지역 사회의 연계도 활발히 이루어졌다.

5년 차 선배임에도 김성국은 자만하지 않고 유빈에게 고마워했다.

누구 때문이건 간에 어쨌든 성과급은 그에게 돌아가게 되어 있었다. 예상되는 인센티브를 생각해 보면 유빈에게 고마워할 수밖에 없었다.

김성국은 병원에 다닐수록 작년의 성취에 감탄하며 자연

스럽게 유빈이 짜 준 플랜을 충실히 이행했다.

플랜은 유빈이 발령 나기 전, 다음 해를 준비하며 만든 것이었다.

처음에는 그도 유빈의 기준을 따라가기 힘들었고 원장들도 다른 스타일의 영업사원인 그에게 적응하는 데 시간이 걸렸다.

그럼에도 불구하고 1분기 베스트 MR은 자연스럽게 김성국의 몫이 되었다. 아무리 담당 지역의 타깃을 높였어도 작년부터 다른 지역과 달성률 차이가 워낙 크게 났기 때문이었다.

실적을 차치하고 이혁이 유빈에게 고마워하는 이유는 따로 있었다.

마케팅 일이 바쁠 텐데도 유빈은 강북 지역의 담당했던 원장들에게 꾸준히 안부를 물었다. 전화할 때도 있었고 정 바쁘면 문자라도 돌렸다.

김성국과 지역에 동행 방문을 갈 때면 제네스에 대한 원장들의 호감이 상승한 것을 느낄 수 있었다.

유빈의 세심한 배려 덕분이었다.

다른 지점장들은 작년에 이어 무슨 복이 그렇게 많으냐며 이혁을 부러워했지만, 그런 이야기를 들을 때면 문득 유빈과 같이 일한 시간이 그리웠다.

하지만 마케팅에서 활약하고 있는 유빈의 이야기를 들으면 그 뿌듯함은 이루 말할 수 없었다.

"요즘 우리 팀 실적 좋던데요?"

"그런 말 하지 마라. 떠난 녀석이 왜 아직도 우리 팀이냐."

이혁의 표정이 묘해졌다.

유 차장이 유빈을 왕따시키고 있다는 사실은 들어서 알고 있었다. 유빈을 볼 때마다 위로해 주고 싶은 마음이 들었지만 참았다.

마음에도 없는 소리가 튀어나왔다.

"얌마, 너 없어도 잘 돌아가는 거 이제 알았냐?"

"역시 그렇죠? 하하."

"……마케팅에서는 별일 없지?"

"그럼요. 다들 잘해 줍니다."

"……그래, 그건 그렇고 오늘 영업회의에 참석한다면서?"

이혁이 애써 밝게 물었다.

"네, OC 프로젝트 관련해서 영업팀과 같이 진행하려고요."

"흐음, 나도 그렇지만 지금 마케팅에 대한 영업팀 지점장님들의 불만이 장난 아니야. 이렇게 영업 회의에 마케팅팀이 참석한 것도 오랜만이라서 무슨 험한 말이라도 나올지 모르겠다."

"괜찮습니다. 제가 모르던 사실도 아닌데요."

이혁과 유빈이 회포를 푸는 동안 장결희 본부장을 필두로 서울과 지방의 지점장들이 차례로 회의실로 들어왔다.

유빈과 서인아 PM이 인사를 했지만 데면데면한 반응이었다. 그나마 장결희 본부장이 둘의 참석에 고마워했다.

"오늘은 회의에 앞서 마케팅팀 김유빈 씨가 새로운 영업툴에 대해 발표하겠다고 합니다. 지점장님들이 들어보시고 좋은 의견 있으면 말해 주십시오."

"크흠……."

마음에 안 들어 하는 표정이 역력했다.

그나마 본부장이 앞에 있어서 그렇지, 아니었으면 벌써 한마디 했을 분위기였다.

서인아도 가시방석 위에 앉아 있는 기분이었다.

그만큼 마케팅팀에 대한 분위기가 따가웠다.

아는지 모르는지 유빈이 태연하게 인사하고 스크린 앞으로 나갔다.

마케팅에 들어오고 나서는 발표와 회의의 연속이었다.

유빈의 능력이 아무리 뛰어나도 어쩔 수 없는 회사 직원이었다. 다른 사람의 도움이 없으면 일이 진행되지 않았다.

그렇다고 답답하지는 않았다.

다른 사람에게 도움을 얻어 내는 능력 또한 경영자에게 꼭 필요한 능력이었다.

혼자서 정상의 자리에 오르는 사람은 없었다.

프로젝트를 진행하면서 유빈은 돈으로 배울 수 없는 귀중한 경영 수업을 받고 있다고 생각했다.

지금도 산전수전을 다 겪은 지점장님들이 험악한 표정으로 노려보고 있었지만, 이것 역시 좋은 수업이자 도전이었다.

"시작하기에 앞서 먼저 지점장님들의 의견을 듣고 싶습니다."

유빈이 발표하면 어떻게든 트집을 잡으려고 귀를 세우고 있던 지점장들이었다. 한데 아직 발표도 하지 않았는데 의견이라니.

"무슨 의견 말인가?"

장결희 본부장이 모두의 마음을 대변했다.

"제가 마케팅 대표는 아니지만, 전달자 정도는 될 수 있을 것 같습니다. 마케팅에 가지고 있는 불만이 있으시면 하나도 빼먹지 말고 말씀해 주십시오. 제가 책임지고 유 차장님을 비롯한 마케팅팀에 전달하겠습니다."

지점장들 마음속에 있는 화를 먼저 식혀야 했다.

들을 준비가 되지 않은 사람들에게 발표해 봤자 진심으로 들을 리가 없었다.

유빈이 갑작스럽게 판을 벌이자 다들 머뭇거리는 분위기였다. 게다가 장결희 본부장도 있어서 부담스러울 수밖에 없었다.

“안 그래도 이런 자리를 한번 마련하려고 했습니다. 나는 신경 쓰지 말고 자유롭게 이야기하세요.”

장결희 본부장이 유빈을 지원했다.

“어떤 말이라도 좋습니다.”

유빈이 지점장들을 둘러봤다.

부산팀의 이태혁 지점장이 총대를 멨다.

“저번 싸이클 미팅에서 올해부터는 의사들에게 그 사이언틱 에비던스인가 머라캤나, 기억도 잘 안 나는데 마, 늦어도 이번 달까지는 논문 준다고 했다 아입니까. 다들 기억나시지요?”

“그러게요. 논문 위주로 디테일 할 수 있게 한다고 했는데 아직 아무런 자료도, 말도 없네요.”

이태혁 지점장이 포구를 열자 여기저기서 불만이 튀어나왔다.

“서 PM이 자리에 있으니까 말인데 피레논 복약 가이드는 언제 만들어집니까? 작년부터 만든다고 하지 않았나요?”

서인아의 안색이 거뭇해졌다.

괜히 유빈을 따라와서 취조당하는 꼴이었다.

복약 가이드는 의학부와 조율하느라 계속 늦어지고 있었다. 그런데 일에 치이고 유진영 차장도 굳이 영업팀에 설명할 필요 없다고 계속 이야기하다 보니 지점장들한테 제대로 설명을 못 해 줬다.

이런 부분에서 소통의 부재라는 오해가 계속 쌓이고 있었다.

유빈은 말없이 화이트보드에 지점장들의 불만 사항을 적어 내려갔다.

30분도 안 된 시간에 화이트보드가 가득 채워졌다. 채워질수록 회의실이 조금씩 조용해졌다. 장결희 본부장도 지점장들이 이렇게 불만이 많았나 싶었다.

유빈이 잠잠해진 회의실을 한 번 둘러봤다.

지점장들을 감싸고 있던 붉은 오라가 아주 옅어져 있었다. 공식적인 자리에서 입으로 뱉고 나니 어느 정도 정화가 된 것이었다.

"지금 말씀해 주신 내용은 정리해서 각 제품의 담당자와 차장님께 전달해 드리겠습니다. 그리고 진행 상황을 2주에 한 번씩 메일로 업데이트하겠습니다. 늦어진 점에 대해서는 제가 우선 사과드립니다."

유빈이 고개를 숙이자 지점장들이 손사래를 쳤다.

"아니, 그게 뭐. 김유빈 씨 잘못인가."

지점장들이 아쉬워하는 부분을 유빈이 정확히 짚었다.

설명만 제대로 해줘도 다 이해할 수 있었다.

비록 팀은 달라도 같은 목표를 위해 일하는 같은 회사 사람인데 왜 미워하겠는가.

그런데 유빈이 중간 다리 역할을 한다니 불만이 가라앉았다.

"내가 중간에서 잘 중재해야 했는데…… 내가 부족했습니다."

장결희 본부장 역시 지점장들에게 고개를 숙였다.

그는 유빈의 모습을 보고 진짜로 반성하고 있었다. 달성률과 매출에만 과하게 신경 쓴 나머지 놓친 부분이었다.

"아이고, 아입니다. 본부장님."

"저희도 걸리는 게 있으면 시원하게 이야기해야 했는데 쌓아 놓기만 한 것 같습니다. 이게 참 힘든 게 상대가 남자면 술 한 잔 마시고 풀 수 있는 이야기도 마케팅 직원들이 다 여자다 보니까 그러지도 못하고 뭐, 그랬던 것 같습니다."

"지점장님, 그렇게 말씀하시면 서 PM이 섭섭해합니다. 얼마나 술을 잘 마시는지 저도 못 따라갑니다. 하하."

지점장들의 솔직함에 장결희 본부장의 이마 주름이 조금 펴졌다.

"엇, 그렇습니까? 그럼 서 PM, 언제 우리 강남 2팀에서 한 번 초대해도 되나요?"

"그럼요. 저야 불러 주시면 좋죠. 대신 차장님한테 핑계 댈 수 있게 세미나 때 불러 주세요. 호호."

팽팽했던 공기가 부드러워지고 있었다.

일단 물꼬는 트여 놨다.

판을 만드는 능력과 함께 유빈의 오라도 역할을 톡톡히 하고 있었다.

이혁 지점장은 역시라는 표정으로 유빈을 대견하게 쳐다봤다. 자신의 걱정은 기우였다.

좋은 분위기의 여세를 이어 유빈은 발표를 시작했다.

"그러니까 여중, 여고에서 성교육 하는데 병원 원장님을 섭외하자는 거죠?

"네, 산부인과의사회가 주도하는 형태로 진행될 겁니다. 하지만 섭외는 담당 MR이 하고 발표 자료도 우리 쪽에서 준비했습니다. 피임 위주로 되어 있으니 한 번 발표를 한 원장님은 피임 쪽 키닥터가 될 수 있을 겁니다."

지점장들의 반응이 나쁘지 않았다.

전통적인 영업 방식은 아니었지만, 의사와 친분을 쌓을 좋은 기회였다.

"원장님 중에서 강의를 잘하시는 분은 따로 모셔서 보건교사 심포지엄 강사나 지식인 피임 상담의로도 활용할 생각입니다."

유빈은 모든 기획을 단발로 끝내지 않았다.

강화된 윤리경영지침 때문에 딱히 세미나나 디테일링 말고는 방법을 찾기 힘들었던 영업팀으로서는 환영이었다.

이게 바로 마케팅의 역할이라고 외치는 지점장도 있었다.

"오늘 같이 참석해 달라고 해서 고마워요. 유빈 씨."

서인아가 회의를 마치고 같이 돌아가는 길에 슬그머니 말을 꺼냈다.

유빈이 웃음으로 대답을 대신했다.

그녀의 표정이 한결 가벼워져 있었다.

늘 가슴에 담고 있던 무거운 짐을 내려놓은 느낌이었다.

"2주에 한 번씩 영업팀에게 진행 상황을 업데이트하는 일은 제가 할게요. 차장님한테도 제가 말씀드릴게요. 유빈 씨는 프로젝트 때문에 안 그래도 바쁠 텐데 일을 더 맡으면 안 되죠."

"PM님."

그녀의 진심이 느껴졌기에 유빈은 다른 말을 하지 않았다. 우군을 한 명 더 얻은 기분이었다.

"그 대신 시간 날 때, 서윤 씨하고 같이 술 마시러 가요."

"네?"

"누가 제네스의 진정한 주당인지 가려야 하지 않겠어요?"

"아하하."

그녀의 눈빛은 진심이었다. 유빈은 자기도 모르게 그녀에게서 한 발짝 물러섰다.

박다혜를 시작으로 서인아까지. 마케팅팀 직원들이 유빈에게 본 모습을 보여 주고 있었다. 그만큼 마음을 열었다는 뜻이라서 기분이 좋았다.

"같이 놀다가 내가 슬쩍 빠져 줄 테니까 둘이서 좋은 시간도 가져요."

"네?"

"둘이 썸 타는 거 다 알아요. 걱정 마세요. 저밖에 모르니까. 아무튼, 인제 그만 썸 타고 잡아야죠. 서윤 씨 같은 사람 놓치면 평생 후회할 거예요."

"하하, 저도 압니다. 절대 놓치지 않을 겁니다."

제네스 코리아의 감사 일정이 공식적으로 공지되었다.

보름 후면 어지 데일을 필두로 한 감사팀에 의해 제네스 코리아의 속살이 파헤쳐질 예정이었다.

갑작스러운 발표에 약간의 소란이 있었지만 제네스와 유

빈의 일과는 변함없이 이어졌다.

우리 집 막내의 종영과 맞물려 시작된 피임약 광고는 사회에 커다란 파장을 일으켰다.

저출산 문제와 연관 지어 비난하는 무리도 있었지만, 정보의 전달이라는 측면과 당당한 여성상을 내세운 컨셉에서 광고는 호평을 받았다.

게다가 프랑스 여성의 피임약 복용률은 30%임에도 불구하고 평균 자녀 수는 2명으로 우리나라의 1.15명을 크게 앞지른다는 내용이 전해지면서 비난은 쏙 들어갔다.

유빈과 말과 그림 팀이 준비한 언론 플레이 중 하나였다.

특히 국민 드라마가 된 우리 집 막내와 연결되어 터부시되던 단어인 콘돔과 피임약이 예능 프로그램이나 심야 토론에서도 흔하게 다뤄졌다.

기가 막힌 타이밍이었다.

유빈의 예상대로 인터넷에서는 피임약 광고를 패러디한 영상이 자가 생산되어 이슈를 더 크게 만들었다.

산부인과의사회와 함께하는 여중, 여고 성교육도 같이 스타트를 끊었다.

유빈은 장기적으로 광고와 드라마 PPL보다 제대로 된 성교육이 인식을 바꾸는 데 더 큰 힘을 발휘할 거라 믿었다. 당장은 피임약 복용률에 영향을 못 미쳐도 공을 들인 이유였다.

제네스 안에서도 여성건강사업부와 유빈의 OC 프로젝트는 화제의 중심이었다.

덩달아 첼시 사장의 깜짝 인사도 다시 주목을 받았다.

유빈이라는 인재를 알아보고 파격적으로 발령을 내린 그녀의 안목에 대한 찬사가 주를 이뤘다.

겉으로는 표현하지 못하지만, 지금의 상황에 웃음이 사라진 사람이 있었다.

"자료는 완벽하게 준비했습니다. 어지 데일이 아니라 다른 사람이 와도 그냥 넘어갈 수 없을 겁니다."

받은 자료를 꼼꼼히 살피던 최상렬 부사장이 인상을 찌푸렸다.

최근 들어 부쩍 소화가 잘 안 되고 속이 쓰렸다.

이유는 그도 알고 있었다.

"부사장님, 괜찮으십니까?"

"……나가 보게."

차가운 목소리에 EBP(윤리경영) 부서의 김 과장이 사족을 달지 않고 바로 나갔다.

오랜 기간, 최상렬 부사장을 모시면서 생긴 습관이었다.

"예. 알겠습니다."

유빈의 프로젝트 실패로 첼시 사장을 걸고넘어지려던 그의 계획은 실패나 다름없었다. 아직 피임약 복용률에 대한 결과가 나오지는 않았지만 이미 여론은 첼시 사장의 편이었다.

이제 그에게 남겨진 패는 한 가지뿐이었다.

하지만 그 패만큼은 확실했다.

'김유빈, 너도 이것만큼은 어쩔 수 없을 거다.'

31장
감사 시작

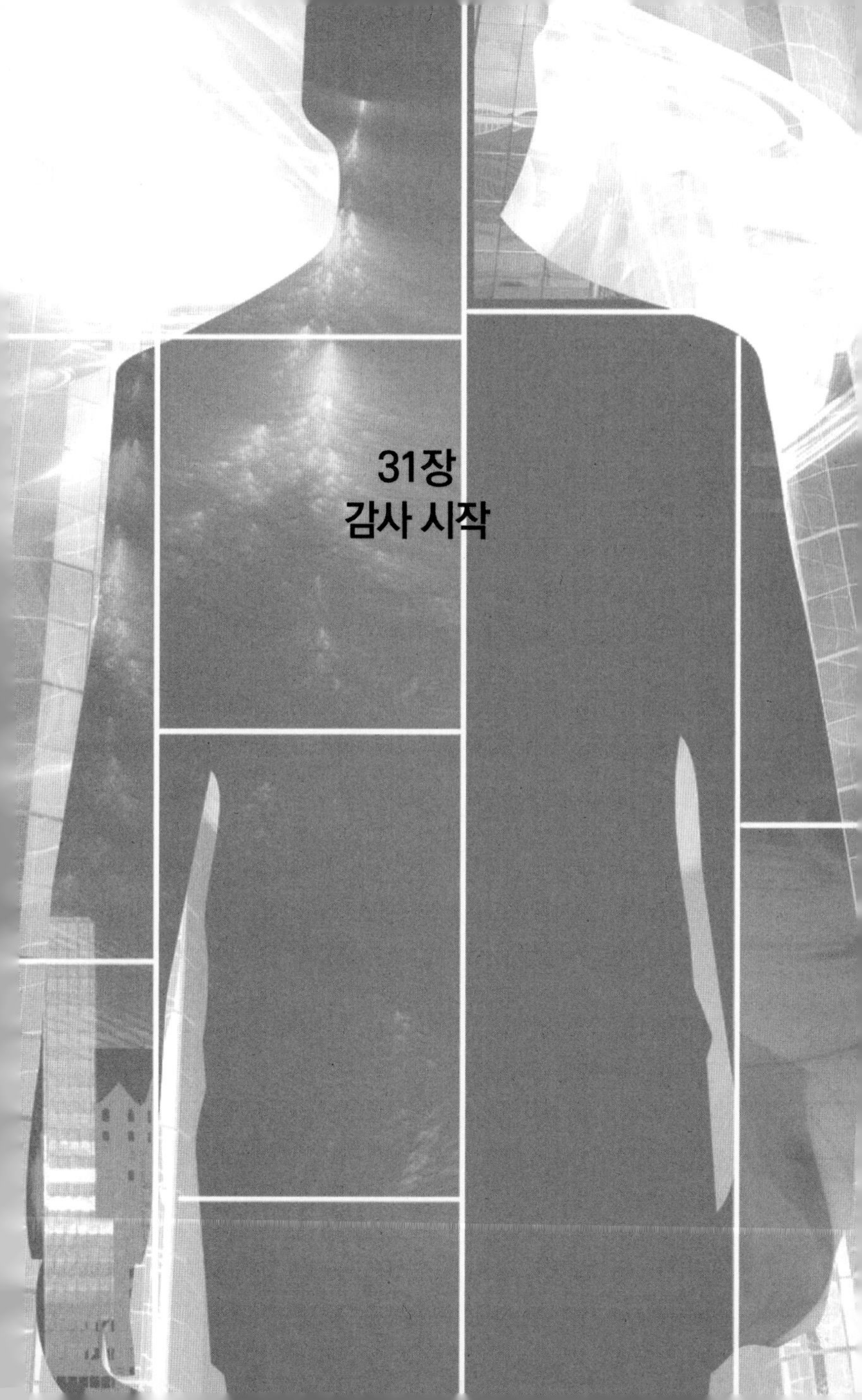

소문과 다르게 어지 데일은 기다란 낫을 들고 있지도, 검은 후드를 둘러쓰지도 않았다.

음산한 기운은커녕 강남역 길거리에서 만났다면 영어 학원의 원어민 선생님으로 생각할 법한 갈색 머리의 평범한 서양인이었다.

다만 티 나지 않게 제네스 코리아의 곳곳을 둘러보는 그의 눈빛은 날카로웠다. 모든 걸 꿰뚫어 볼 것 같은 그런 눈빛이었다.

"미스터 데일. 이쪽으로 오시죠."

그런 어지 데일과 그의 팀을 안내하는 사람은 최상렬 부사장이었다.

그는 그 어느 때보다 적극적으로 자신을 어필하며 마흔이 안 된 젊은이(?)를 극진히 모시고 있었다.

"필요한 게 있으시면 망설이지 말고 내선 번호로 연락 주십시오. 제 비서가 바로 조치할 겁니다."

어지 데일이 말없이 고개를 끄덕였다.

부사장실이 있는 6층의 회의실에 자리 잡은 감사팀은 곧바로 자신들의 노트북을 세팅했다.

감사팀 자체가 말이 별로 없었다.

그들의 행동 하나하나가 효율성을 나타내고 있었다.

경험 많은 최상렬은 어지 데일과 그를 수행하는 덩치 큰 남자, 댄 캠벨이 감사팀의 주요 멤버이고 나머지 두 사람은 서포팅 팀이라는 사실을 알아차렸다.

그 두 사람에게 짧은 감사의 인사라도 받기를 기다리며 서 있는 최상렬 부사장을 향해 다가간 댄 캠벨이 그를 지나쳐 회의실의 유리문을 열었다.

최상렬이 어지 데일을 쳐다보자 그는 역시 말없이 고개를 끄덕였다.

나가라는 무언의 표시였다.

"크흠, 그럼……."

회의실을 나와서야 최상렬 부사장의 표정이 살짝 찌푸려졌다.

벙어리도 아닐 텐데 목소리조차 듣지 못했다.

잠깐이라도 이야기를 나누며 성향을 파악해 보려 했지만 헛발질이었다.

'아니야, 어쩌면 이게 나을지도.'

어지 데일은 제네스 코리아 직원들과 전혀 관계를 맺을 생각이 없어 보였다.

예측할 수 없는 능력을 갖춘 김유빈이라도 감사팀만큼은 어떻게 하지 못할 게 분명했다.

아예 말을 안 하는데 무슨 수가 있겠는가.

그렇게 생각하니 오히려 안심되었다.

준비된 자료만 가지고도 그가 원하는 대로 상황을 이끌 수 있었다.

감사팀이 6층에 둥지를 틀면서 회사는 조용한 긴장감에 사로잡혔다.

직원 모두 이번 감사가 정기적인 회계 감사가 아니라는 것쯤은 알고 있었다. 어지 데일은 글로벌 CEO 마크 램버트가 보낸 어사(御史)였다.

그의 목적은 한 가지.

비용 절감이라는 왕이 내린 명령을 수행하는 것이었다.

"6층 분위기는 어떤가요?"

감사가 시작되고 이틀이 지났다. 마지막 점검을 위해 사장실에 모여 있는 세 사람의 얼굴에는 피로가 가득했다.

"여전히 각 부서의 사람들이 줄줄이 불려 들어가고 있습니다."

첼시 사장의 질문에 박용신 전무가 힘없이 답했다.

인터뷰를 한 사람에게 무슨 이야기를 했는지 물어도 알아낼 수 있는 것은 없었다.

감사팀은 질문만 할 뿐 결과에 대해서는 일절 언급하지 않았다.

예전에 감사팀이 왔을 때는 대충이라도 진행 상황이나 크게 문제 될 것은 없다는 식으로 언질을 줬는데 이번에는 아니었다.

속마음을 전혀 알 수 없으니 감사 당하는 입장에서는 답답함에 속이 터질 수밖에 없었다.

"결과는 감사팀이 출국하는 날, 공항에서 메일로 보내 준다고 들었습니다. 제네스 차이나나 재팬에서도 그랬다고 합니다."

장결희 본부장이 들은 이야기가 있는지 끼어들었다.

"그래도 떠나기 전에 알려는 주는군요."

"컨피덴셜한 자료를 제외하고 글로벌 CEO한테 보낸 그대로 보고서를 준다고 들었습니다."

"합리적이면서도 잔인하네요. 마치 시험 성적표를 주는 것과 마찬가지 아닙니까. 내 점수를 정확히 알 수는 있지만, 결과는 바꾸지 못하는 거죠."

"제네스 차이나에서도 영업부가 날아갔지만, 반박을 못 했답니다. 정확한 데이터를 근거로 결정한 일이라 따질 수도 없었다고 합니다."

"네…… 그나저나 김유빈 씨가 늦네요."

장결희 본부장의 말에 불안해진 박용신 전무가 유빈을 찾았다.

유빈이 미팅을 요청한 이후, 여러 가지 대비책을 생각해 봤지만 유효한 방법은 없었다.

방법이 있다 해도 감사 전에 할 수 있는 일은 더더욱 없었다. 그들이 지금 믿는 것은 유빈의 대비책인 OTC OC팀의 발족과 나비로이를 통한 비뇨기과로의 영역 확대뿐이었다.

"프로젝트 때문에 정신이 없는 것 같습니다."

"그저 아쉬울 뿐입니다. 유빈 씨가 작년에만 OC 프로젝트를 맡았어도 지금처럼 감사 때문에 불안하지는 않았을 겁니다."

그럴 만도 했다.

올해 녹색창 상반기 핫 키워드 상위권에 피임과 피임약이 올라 있었다. 그만큼 많은 사람의 입에 오르내렸고 제대로 된 정보의 전달로 피임약에 대한 인식도 전과는 비교할 수 없이 나아졌다.

유빈이 기획한 에리안의 홈페이지는 하루 방문자 수가 나날이 증가하고 있었다. 피임약에 대한 관심의 방증이었다.

유빈은 말과 그림을 통해 산부인과 홈페이지를 만들어준 동생인 오승규와 정식으로 계약했다.

제작비보다는 승규의 센스를 믿었다. 물론 이번에는 프로젝트 예산에서 제대로 비용을 지급했다.

승규는 유빈의 기대를 뛰어넘는 홈페이지로 보답했다.

말과 그림의 박정균 과장은 앞으로 다른 곳에서도 홈페이지를 제작하게 되면 승규에게 맡기겠다는 약속도 했다.

광고와 함께 홈페이지의 안착으로 에리안의 매출은 화려한 출시 이벤트 없이도 상승곡선을 그리고 있었다.

박용신 전무가 아쉬워하는 것은 이런 인식의 전환이 ETC 매출로 이어지는 데는 시간이 걸린다는 점이었다.

작년에 프로젝트가 성공했다면 올해 매출로 이어질 수 있었다는 아쉬움이 머릿속에서 계속 맴돌았다.

유빈도 양반은 아닌 모양이었다.

회의실 문을 열고 유빈이 들어와 세 사람에게 인사했다.

"미스터 킴, 기다리고 있었어요."

첼시 사장이 부드러운 눈빛으로 유빈을 쳐다봤다.

그럴 수밖에 없는 것이 거의 불가능하다고 여겼던 프로젝트를 유빈은 차근히 공략해 가고 있었다.

그 덕분에 유빈을 매니저로 승격시킨 첼시 사장의 안목 역시 입증된 셈이었다.

"우리끼리 대책을 세워 봤는데 특별한 방법이 없네요. 프로젝트만으로도 바쁘겠지만 다른 좋은 생각은 없나요?"

"이미 시간이 촉박해서 지금 당장 새롭게 뭔가를 하기는 힘듭니다."

"그건 그렇죠……."

"그래도 사장님의 주장으로 여성건강사업부가 마지막 날에 감사를 받게 되었지 않습니까. 아직 시간이 하루 남았습니다. 그 안에 어지 데일을 어떻게든 구워삶아야 하는데 회의실에서 영 나오지를 않으니."

"어지 데일에 대해 저도 들은 게 있는데 인간관계로는 힘들 것 같습니다. 최상렬 부사장 쪽에서도 접근해 보려고 했는데 시도가 전부 실패했다고 합니다."

"하아, 그럼 마지막 날에 한다고 해도 뾰족한 방법이 없지 않은가."

"그 하루가 어쩌면 여성건강사업부의 운명을 바꿀지도 모릅니다."

"미스터 킴, 그게 무슨 뜻이에요? 따로 준비한 게 있군요!"

"사실 준비를 하기는 했지만, 시간에 맞출 수 있을지는 장담을 못 하겠습니다."

"오! 정말입니까? 역시! 어떤 걸 준비한 겁니까?"

"괜한 기대를 드리고 싶지는 않습니다. 그리고 이 방법이 어지 데일에게 통하지 않을지도 모르고요."

"괜찮습니다. 한번 들어나 봅시다."

세 사람 모두 반짝이는 눈으로 유빈을 쳐다봤다.

그때 마침 장결희 본부장의 핸드폰이 울렸다. 그리고 곧이어 유빈의 핸드폰도 질세라 소리를 높였다.

"실례하겠습니다."

"장결희입니다. 네. 뭐라고요? 지금 말입니까? 알겠습니다."

통화를 하는 두 사람의 안색이 동시에 어두워졌다.

먼저 전화를 끊은 장결희 본부장이 다급한 목소리로 이야기했다.

"감사팀에서 30분 뒤부터 여성건강사업부 감사를 시작한다고 합니다."

"네? 하지만 내일로 예정되어 있는데……."

"그게, 항암사업부와 일정이 바뀐 모양입니다. 권중석 이사가 학회 참석차 제주도에 갔는데 교통편 때문에 올라오지 못한다고 합니다."

그럴싸한 핑계지만 냄새가 심하게 났다.

"설마 최상렬이 일부러……."

박용신 전무의 어깨가 분노로 흔들렸다.

장결희 본부장에 이어 전화를 끊은 유빈이 고개를 끄덕였다.

"그랬을 가능성이 큽니다. 그는 그러고도 남을 사람이죠."

"내가 이 빌어먹을 자식을!"

"그에게도 마지막 기회일 테니 필사적일 수밖에 없을 겁니다."

유빈이 침착하게 대응하자 같이 박수 칠 상대가 없어진 박 전무의 화도 수그러들었다.

화를 낸다고 바뀔 일도 아니었다.

"저도 본부장님과 내려가 보겠습니다."

"미스터 장, 미스터 킴. 행운을 빕니다."

첼시 사장의 목소리가 떨렸다.

아무런 반항도 하지 못하고 어지 데일의 손에 자신을 비롯한 그녀가 아끼는 사람들의 운명이 결정된다는 사실이 너무나 안타까웠다.

"사장님, 전무님. 걱정 마십시오. 전부 잘될 겁니다."

유빈이 두 사람을 보며 환한 미소를 지었다.

어울리지 않는 상황이었지만, 둘은 그저 고개를 끄덕였다.

걱정하지 말라는 유빈의 말에는 근거가 없었다.

그럼에도 그 담담한 말에 첼시 사장과 박용신 전무의 착잡한 가슴에 단비가 내렸다.

직급으로는 당연히 첼시가 리더지만 언젠가부터 세 사람은 심적으로 유빈에게 의지하고 있었다.

사장이, 전무가, 본부장이 고작 대리급의 직원에 의지하는 일은 말도 안 되고 있을 수도 없는 일이었다.

하지만 그들이 깨닫고 있건 아니건 부정할 수 없는 사실이었다.

조금 전 유빈의 말에 대한 그들의 반응이 그 증거였다.

'걱정 마십시오.'는 누구나 큰 의미 없이 할 수 있는 말이었다. 하지만 유빈의 입에서 나온 말은 다르게 들렸다.

"그래요. 분명히 잘될 겁니다. 전 두 분을 믿습니다."

유빈에 감화된 첼시 사장이 역시 웃음으로 두 사람을 배웅했다.

여성건강사업부의 상황은 혼돈 그 자체였다.

감사팀이 요구한 자료를 준비하기 위해 부서 전체가 정신없이 바빴다.

"아, 본부장님!"

"홍 과장."

"감사팀에서 연락 왔는데 본부장님은 지금 바로 6층으로 가시면 돼요."

"아, 알겠네."

가장 먼저 감사를 받고 어디로 갔는지 코빼기도 보이지 않는 유 차장을 대신에 홍경은 과장이 상황을 정리하고 있었다. 하지만 그녀의 리더십만으로는 벅찬 상황이었다.

바쁘게 돌아다니고 있지만, 전체적으로 효율이 떨어져 있었다.

각자 자신의 제품을 준비하느라 프린터는 출력 작업 중복으로 버벅거리고 있었고 계속해서 울리는 전화기가 분위기를 더 어수선하게 만들고 있었다.

유빈은 망설이지 않고 오라를 퍼뜨렸다.

거친 파도가 치고 있는 여성건강사업부의 오라를 평온한 바다로 만들 필요가 있었다.

"여러분 잠시 하던 일 멈추시고 제 말 좀 들어보세요."

큰 목소리는 아니었지만, 순식간에 사람들의 동작이 멈췄다. 유빈이 소리에 오라를 담은 덕분이었다.

"들고 있는 게 있으면 내려놓으시고 크게 심호흡을 한 번 하세요."

뜬금없는 유빈의 말에 다들 주저하는 모습이 보였다.

유빈과 눈이 마주친 주서윤이 고개를 끄덕이고 먼저 양팔을 벌리면서 심호흡을 했다. 그러자 박다혜도 한 무더기의 파일을 책상 위에 내려놓고 주서윤을 따라 했다. 머뭇거리던 홍경은 과장과 서인아, 이지은도 심호흡하면서 잠깐이지만 편안한 표정이 되었다.

"전화는 한 사람이 받아서 전달하면 좋겠습니다. 이지은 씨가 담당해 주세요."

"……네."

이지은이 다소곳하게 답했다.

그런데 얼굴은 왜 빨개지는데?

유빈이 이야기하면서 홍경은 과장을 쳐다봤다.

무슨 뜻인지 이해한 그녀가 격렬히 고개를 끄덕였다.

직원들을 통솔하고 있었지만 엔젤로 자료도 준비해야 할 것이 많았다. 게다가 그녀에게는 도와줄 AM도 없었다.

안 그래도 속이 타고 있었는데 유빈이 구세주처럼 나타나 그녀의 책임을 덜어준 셈이었다.

"주서윤 선배님은 PM 세 분 서포트 계속해 주세요."

"알겠습니다!"

PM 세 명도 조금은 긴장에서 벗어난 느낌이었다.

유빈의 지시가 그렇게 자연스러울 수 없었다.

급한 상황이 닥치자 유빈은 리더로서의 자질을 유감없이 보여 주고 있었다.

OC 프로젝트를 맡으면서 늘어난 책임감.

제약업계의 두 거인, 듀레인 회장과 서우석 회장과의 만남.

겹겹의 전생에서부터 쌓인 인간과 인생에 대한 내공.

그리고 뚜렷한 목적의식이 유빈이 알을 깨고 나오게 만드는 원동력이었다.

장결희 본부장에 이어 PM 세 명이 차례로 감사팀이 있는 회의실로 불려 갔다.

다들 돌아왔을 때는 기진맥진한 표정이었다.

박다혜는 열이 뻗쳤는지 감사가 끝나자마자 밖으로 뛰쳐나갔다.

서인아가 박다혜에 이어 PM 중 마지막으로 회의실로 향했다.

장결희 본부장은 역시 우려한 부분에 대한 질문을 집중적으로 받았다.

영업팀의 운영 방식과 산부인과 시장에 대한 가능성 등 날카로운 질문이 이어졌다.

"제대로 대답을 했는지도 모르겠군. 통역이 있기는 한데 내가 말한 의미를 잘 이해했는지도 모르겠고. 걱정이야. 걱정."

"과장님은 어땠습니까?"

유빈이 장결희 본부장으로부터 홍 과장에게 시선을 돌

렸다.

“하아, 말도 마세요. 얼마나 질문이 많은지 몰라요. 그리고 100원 단위까지 예산 사용 내역을 따지는데 저는 두 손 다 들었어요.”

그나마 그녀는 꼼꼼하게 자료를 준비한 편이었다.

이야기를 나눌수록 분위기는 어두워졌다.

공통으로 나온 질문의 요지는 여성건강사업부의 오버티오에 관한 것이었다.

“오늘은 꼭 소주를 마셔야겠어요.”

서인아가 핼쑥해진 얼굴로 돌아왔다. 뭐라고 물어보기도 전에 그녀가 고개를 저었다.

더는 질문을 받고 싶지 않다는 뜻이었다.

“유빈 씨, 들어가세요. 캠페인 담당자 들어오래요.”

감사팀에서 요구한 자료를 챙긴 유빈이 고개를 끄덕였다. 그리고 여성건강사업부의 동료들을 한 번씩 쳐다보며 씨익 웃었다.

“다녀오겠습니다.”

“파이팅이에요!”

“유빈 씨, 뭐라도 좀 알아 와 주세요.”

응원을 업고 6층으로 내려가려는데 유빈의 전화기가 울렸다. 발신자를 확인한 유빈의 눈이 빛났다.

오라는 사람에게만 존재하지 않는다.

동물과 식물을 포함한 생명체는 물론이고 무생물에도 고유의 오라가 존재한다.

유빈은 지금 6층의 회의실을 바라보고 있었다.

회의실을 감싸고 뭉게뭉게 피어오르는 오라에서 위압감이 느껴졌다.

게임으로 치자면 모든 스탯을 30% 정도 깎아 먹을 던전이 유빈을 기다리고 있었다.

호흡을 가다듬은 유빈이 눈부시게 빛나는 두터운 오라를 몸에 두르고 던전의 입구를 향해 걸어갔다.

"앉으세요. 여성건강사업부 미스터 킴입니까?"

표정 하나 없는 딱딱한 발음이었다.

유빈이 대답하려고 하는 찰나에 감사팀 남자 옆에 앉아 있는 여성이 질문을 통역해 줬다.

그녀 역시 기계 같은 반응을 보였다.

영어를 넣어주면 한국어로 통역해 주는 기계.

원래부터 저런 모습은 아니었겠지만, 감사팀과 마찬가지로 며칠간 수많은 사람을 상대하다 보니 자연스럽게 무표정이 된 것 같았다.

"네, 김유빈입니다. 당신이 어지 데일인가요?"

질문자의 눈썹이 꿈틀거렸다.

한국어가 아닌 영어가 나왔고, 그 짧은 영어 발음만으로도 상대방의 영어 실력을 가늠할 수 있었다.

하지만 발음보다도 이 상황에 질문할 수 있는 배짱이 놀라웠다.

"아닙니다. 전 감사팀의 댄 캠벨입니다. 제 옆에 앉아 있는 분이 감사팀의 단장 어지 데일입니다."

예상외로 친절한 대답이었다.

그런데 의아하기도 했다. 왜 팀장이란 사람이 자신을 소개하지 않고 팀원이 대신 말하도록 놔둘까.

말도 섞기 싫다는 뜻인가?

여성이 다시 통역하려 했다.

"괜찮습니다. 무슨 말인지 알아들었습니다."

유빈의 제지에 처음으로 여성이 난처한 표정을 지었다. 자신의 존재 가치가 사라져 버린 탓일까?

"미스터 캠벨, 통역은 필요 없습니다."

유빈의 단호한 말에도 댄 캠벨은 고개를 저었다.

마치 '여기는 네 마음대로 할 수 있는 곳이 아니야'라는 무언의 표시 같았다.

"음, 일상적인 회화라면 상관없겠지만, 숫자를 포함한 정확한 내용 전달을 위해서 통역이 배석하는 편이 좋을 텐데요."

"아니요. 저는 괜찮습니다."

유빈의 단호한 태도에 캠벨의 눈썹이 다시 꿈틀거렸다.

이 남자는 뭐지?

지금까지 이 방에 들어온 직원은 마치 면접을 보는 사람처럼 태도 하나하나가 조심스러웠다.

일반적인 상황에서도 외국인 두 명과 마주 앉아 이야기를 나누는 것은 어색한 일이었다. 그리고 외국인이 배려 없는 빠른 영어로 살짝만 스쳐도 베일 것 같은 송곳 질문을 연속으로 던진다면 주눅이 들지 않을 수가 없었다.

그런데 유빈은 여유 있고 당당했다.

수많은 사람들을 상대해 본 댄 캠벨이 보기에는 허세가 아니었다.

캠벨이 어지 데일을 쳐다보자 그가 작게 고개를 끄덕였다.

"알겠습니다. 그렇게 하죠."

캠벨의 말에 통역하는 여성이 자리에서 일어나 회의실 밖으로 나갔다.

그러는 동안 어지 데일은 유빈이 제출한 자료를 빠르게 넘기고 있었다. 동작이 너무 빨라서 제대로 읽는지 의심이 갈 정도였다.

자료를 넘기는 중간에 잠시 멈추고 뚫어지게 쳐다볼 때도 있었다. 그럴 때마다 어김없이 노트에 필기했다.

역시 숫자가 주로 쓰여 있었다.

캠벨이 어지 데일의 필기를 슬쩍 훑어보면서 질문을 시작했다.

"마케팅에서 일한 지는 얼마나 되었죠?"

"올해 1월부터 근무했습니다."

"흐음, 아직 반년이 안 되었군요. 그 전에는요?"

"영업팀에서 1년 근무했습니다."

"영업팀에서 1년 근무하고 마케팅으로 왔군요."

유빈의 대답을 반복해서 말하는 폼이 꽤 거슬렸다.

"이제 반년 일했는데 여성건강사업부에 대한 개선점이랄까 불필요한 부분이라고 생각되는 부분은 없나요?"

유빈이 잠시 대답을 보류했다.

이런 페이스라면 다른 사람과 마찬가지로 대답만 하다 나갈 수 있었다.

게다가 오라나 태도로 봐서 캠벨은 결정권자가 아니었다.

이 사람을 빨리 강판시켜야 승부를 걸 수 있었다.

질문의 힘.

질문에는 힘이 있다. 반대로 말하면 힘이 있는 사람만이 질문할 수 있다.

감사팀은 감사를 받는 유빈보다 권력이 컸다.

유빈이 생각하느라 말을 하지 않자 캠벨이 다시 물었다.

"프로젝트 매니저라서 물어보는 건데 굳이 보직을 나눌 필요가 있을까요? 작년처럼 사업부 마케팅 헤드나 피레논 PM이 프로젝트를 진행하는 게 자연스러운 일인 것 같은데요?"

"제 월급이 아깝다는 말인가요?"

"아니라고는 못 하겠군요. 아시다시피 감사팀의 목적은 제네스 코리아에서 쓸데없이 사용한 예산이나 비용을 확인해 절감하는 데 목적이 있습니다."

유빈의 반문에 분위기가 미묘하게 전환되었다.

캠벨은 움찔했지만 알아차리지는 못한 것 같았다.

다시 캠벨이 질문을 쏟아부었다.

"제네스 코리아에서 매출이 가장 높은 항암사업부 1인 매출이 여성건강사업부의 2.5명과 비슷하다는 사실은 알고 있나요?"

캠벨은 유빈의 대답을 기다리지도 않고 말을 이었다.

"여성건강사업부의 일인당 매출이 다른 부서보다 낮은 건 사실입니다. 매출액과 직원 수를 비교하면 간단히 알 수 있죠."

"알고 있습니다."

"흐음, 알고 있었군요. 다른 분들은 아무 말도 안 하던데 표정을 봐서는 알고 있을 거로 생각했습니다."

캠벨은 유빈의 마케팅 경력이 짧으니 몰아붙이면 대답을 할 거로 생각했다. 그의 얼굴에 희미한 미소가 떠올랐다.

"그럼 마케팅 매니저로서 영업부의 티오가 적절하다고 생각합니까?"

"저는 적절하다고 생각합니다."

"왜죠?"

"한국의 산부인과 시장은 앞으로 성장 가능성이 크기 때문입니다."

"글쎄요. 한국은 최근 2, 3년간 신제품 효과로 매출이 증가하기는 했지만, 산부인과 병원의 폐업하는 비율과 어느 나라보다 빠르게 감소하는 출산율 등 우리가 분석한 바로는 앞으로는 시장의 성장 자체가 둔화할 거로 예상했습니다."

"장결희 본부장님이 앞으로의 부서 계획에 대해 말씀드린 거로 압니다."

"OTC OC팀을 새로 만들고 비뇨기과로 사업부를 확장한다는 계획이 있다고 들었습니다."

기계처럼 대답하는 캠벨은 장 본부장의 대답에서 어떤 감흥도 느끼지 못한 것 같았다.

"……감사팀에서는 그 정도로는 부족하다고 생각하는군요."

"계획은 누구나 세울 수 있습니다. 중요한 건 현재 나와 있는 숫자입니다."

탁구공처럼 질문과 답이 두 사람 사이를 왕복했다.

유빈이 잠시 탁구채를 내려놓았다.

예상하지 못한 한 방으로 서브권을 가지고 올 필요가 있었다.

"혹시 감사팀에서는 올해 제네스 차이나 일반의약품 부서의 상황을 알고 있나요?"

"제네스 차이나요?"

유빈의 뜬금없는 질문에 캠벨이 되물었다.

"네. 마케팅만으로 충분하다는 어지 데일 씨의 리포트로 영업부 전체가 ERP를 받고 회사에서 나갔죠. 작년에 있었던 일인데 기억은 하겠죠."

"물론입니다. 감사 결과 불필요한 조직이었습니다."

"감사 이후, 제네스 차이나의 조직이 개편되고 새로운 일반의약품 부서의 상반기 매출은 작년의 80%까지 떨어졌습니다."

유빈의 단호한 말에 캠벨이 입을 다물었다.

감사팀의 일은 감사를 해서 효율적인 운영 방식을 제안하는 것이었다. 그 뒤에 매출이 어떻게 됐는지까지는 알지 못했다.

"아시아 리전에 문의하면 바로 알 수 있을 겁니다. 인원을 줄여서 비용은 줄였지만 동시에 매출도 줄었습니다. 감사팀은 리포트만 내면 그다음은 나 몰라라 하는군요?"

캠벨의 눈썹이 꿈틀거렸다.

유빈이 자신의 말투를 따라 했다는 것을 바로 알 수 있었다.

캠벨이 찝찝한 표정으로 답했다.

"우리는 장기적인 관점에서 최선의 리포트를 낸 겁니다. 단기적으로는 매출이 줄어들 수는 있지만, 시스템이 갖춰지면 매출은 다시 회복할 겁니다."

"전 아니라고 봅니다. 중요한 건 미래가 아니라 지금 보이는 숫자라고 방금 들은 것 같은데요."

"……."

"그뿐만이 아닙니다. 작년 감사 결과로 제네스 차이나에 대한 중국 내 여론은 급속히 나빠졌습니다. 존경받는 회사에서 직원을 함부로 자르는 회사로요. 감사팀이 적으로 만든 건 직원 100명이 아닙니다. 그들의 가족과 친척, 친구를 넘어서 언론에도 제네스는 나쁜 회사가 된 겁니다. 이런 사회적 비용에 대한 보고는 안 하나 보죠?"

조금 전까지만 해도 캠벨이 질문하고 있었는데 어느새 대화의 주도권이 유빈에게 넘어간 모양새였다.

"미스터 킴! 듣자 듣자 하니까 감사팀을 뭐로 보는 겁니까?"

참다못한 캠벨이 목소리를 높였다.

"여성건강사업부의 티오가 많다는 건 감사를 받지 않아도 알고 있었습니다. 대비책이 있기 때문에 그대로 유지한 거고요. 고작 그런 사실을 알려 주기 위해 먼 한국까지 오신 건가요? 월급도 저보다 훨씬 많이 받는 것으로 아는데 제가 모를 만한 내용은 없나요?"

"이 사람이!"

"댄, 잠깐."

어지 데일이 처음으로 입을 열었다.

유빈이 어지 데일에게 시선을 돌렸다. 다른 것보다 그의 영어 발음이 매우 독특했다.

"여기서부터는 내가 하지."

"……알겠습니다."

씩씩대던 캠벨이 어지 데일의 한 마디에 입을 다물었다.

한 가지 확실한 것은 눈앞에 앉아 있는 사람이 원하는 대로 자신이 행동하고 있다는 것이었다.

유빈의 페이스에 완전히 말린 것이다.

분위기를 만드는 일은 감사팀의 일원으로서 그의 특기 중 특기였다. 그런데 그 자신 있는 부분에서 상대에게 당한 것이다.

캠벨은 여전히 분을 삭이지 못한 채로 마운드에서 강판되었다.

"미스터 킴, 제네스 차이나는 제네스 코리아와는 상관이 없습니다. 감사팀은 마크 램버트 CEO의 경영 방침에 따라 할 일을 할 뿐입니다. 사람을 보기 시작하면 아무런 조치도 취할 수 없습니다. 그렇기 때문에 숫자로 판단하는 것입니다."

유빈은 그가 왜 말하는 걸 꺼리는지 알았다.

웅얼거리는 영어 발음은 알아듣지 못할 정도로 부정확하게 들렸다.

하지만 웅얼거리는 그의 발음과는 달리 어지 데일의 주관은 확고했다.

"이곳은 토론 장소도 아니고 우리가 제네스 코리아 직원으로부터 이런저런 이야기를 들을 이유는 더더욱 없습니다. 미스터 킴은 감사팀에서 하는 질문에만 답해 주십시오."

"……."

유빈이 말없이 고개를 끄덕였다.

캠벨이 유빈의 페이스에 말려 하지 않아도 될 말을 했다면 어지 데일은 처음부터 싹을 잘랐다.

"올해 프로젝트 예산으로 책정된 10억 원의 사용처는 어디입니까? 전산상으로는 에이전시와의 계약과 간단한 PPT만 올려져 있더군요."

"드라마 PPL과 텔레비전 광고, 그리고 성교육 캠페인에 주로 사용하고 있습니다. 에이전시 수수료 비용도 포함되어 있고요.”

“5년 동안의 캠페인으로도 피임약 복용률의 변화는 미미했습니다. 제 생각에는 더는 가망이 없는 프로젝트에 예산을 쓰는 건 낭비로 보입니다. 프로젝트를 당장 중지시키는 편이 현명한 일인 것 같은데 미스터 킴 생각은 어떻습니까?”

보기보다 더 잔인한 사람이었다.

유빈의 자리가 불필요하다고 대놓고 말하는 격이었다.

“프로젝트는 순조롭게 진행되고 있습니다. 여기서 멈추는 게 오히려 예산을 낭비하는 게 아닐까요?”

“순조롭다는 말은 너무 모호하군요. 진행 상황을 알 수 있는 수치가 있나요?”

“피임약 복용률의 변화는 프로젝트가 끝나면 서베이를 할 계획이었습니다.”

“그 말은 자료가 없다는 이야기군요.”

“만약, 피임약 복용률이 작년보다 눈에 띄게 증가했다면 감사 결과를 결정하는 데 고려 사항이 되나요?”

어지 데일은 유빈의 질문을 듣지 못한 양 자료를 뒤적거렸다.

유빈은 그치지 않고 계속 말을 이었다.

“복용율이 증가했다는 것은 피임약 시장이 성장하고 있다는 증거입니다. 3%가 6%가 되면 피임약 시장은 2배 이상으로 커질 겁니다. 그럼 영업팀 일인당 매출도 크게 증가할 겁니다.”

“영업팀도 영업팀이지만 본인 자리부터 신경 써야 할 것 같군요. 지금 미스터 킴이 말하는 것은 다 가정이지 않습니까.”

“가정이 아니라면요?”

유빈이 어지 데일의 눈을 똑바로 바라봤다. 그 역시 눈길을 피하지 않고 유빈을 마주 봤다.

최상렬 부사장이 여유 있는 자세로 보고를 들었다.

평소에 보기 힘든 미소가 그의 얼굴을 가득 채우고 있었다.

“수고했어요.”

감사팀의 통역을 도와주고 있는 여직원이 허리를 구십 도로 굽혀 인사하고는 부사장실에서 나갔다.

통역을 담당하는 여성은 최상렬이 어렵게 심어 놓은 직원이었다.

“역시 내 생각대로 잘되어 가고 있군. 하하.”

최상렬은 사무실에 혼자 남게 되자 기쁨을 숨기지 않았다.

긴 인내가 열매를 맺으려는 순간이었다.

여직원이 보고한 지금까지의 여성건강사업부의 감사 진행 상황으로 봐서는 이미 끝난 게임이었다.

감사팀은 최상렬이 원하는 방향으로 감사를 이끌어 가고 있었다.

그럴 수밖에 없었다.

10년을 와신상담하면서 준비해 온 일이다. 감사팀이 치밀하면 치밀할수록 한 방향으로 결론을 내릴 수밖에 없었다.

김유빈이 통역을 물리친 것이 아쉽기는 하지만 이미 대세는 기울어졌다.

최상렬 부사장의 미소가 더 진해졌다.

"가정이 아니면 여성건강사업부를 지금 그대로 유지하는 리포트를 쓸 건가요?"

유빈이 다시 한 번 질문을 정리했다.

"조금 전에 말했을 텐데요. 미스터 킴에게는 질문할 권리가 없습니다."

"간단한 문제입니다. '네', '아니요'로만 말해 주셔도 됩니다."

어지 데일이 빤히 유빈을 쳐다봤다.

이 남자는 감사가 두렵지도 않은가?

자신의 한마디면 직원 한 명 날리는 일은 문제도 아니었다.

물론 눈앞의 남자는 능력 있는 직원이었다.

어지 데일은 작년에 여성건강사업부에서 일했던 MR의 실적을 모두 확인했다.

유빈의 영업 실적은 그야말로 군계일학이었다. 숫자만 봐서는 흠잡을 데 없는 직원이었다.

그렇다 하더라도 제네스 차이나에서 무슨 일이 있었는지 안다면 이런 태도를 보일 수가 없었다.

"작년에만 피임약 복용률을 올리는 프로젝트로 5억 원의 예산을 사용했습니다. 5년 동안 캠페인에 쏟아부은 돈이 전부 20억 원이고요. 하지만 결과는 미미했죠. 작년까지는 미스터 킴이 담당은 아니었지만, 현 프로젝트 매니저로서 어떻게 생각하십니까? 결과가 이런데도 시장에 가능성이 있다고 말할 수 있나요?"

어지 데일이 흔들리지 않고 차분하게 논리를 풀어냈다. 하지만 유빈 역시 무모하리만큼 답변을 계속 요구했다.

"제 질문에 대한 대답을 회피하는군요. 미스터 데일이 계속 주장하는 근거는 과거의 자료일 뿐입니다."

"안타깝지만 우리는 과거의 결과를 보고 현재를 결정할 수밖에 없습니다."

"저도 동감입니다. 그러니까 대답을 해주시죠."

"아까부터 자료가 있는 것처럼 말하는군요. 자료가 있나요?"

어지 데일이 묻기는 했지만, 유빈의 대답은 이미 알고 있었다.

캠벨과의 대화를 유심히 살펴본 어지 데일은 유빈이 능숙한 포커 플레이어 같다는 생각을 했다.

사람의 감정을 조종하는 데 능숙할 뿐만 아니라 속마음을 잘 들키지 않는 부류였다.

하지만 어지 데일은 확신했다. 유빈은 지금 블러핑을 하고 있었다.

당연히 자료가 있을 리가 없다.

이제 프로젝트를 시작한 지 6개월밖에 안 되었는데 결과를 확인하는 것은 비정상적이었다.

"피임약 복용률을 높이려는 시도가 몇 년간 이어졌지만 실패했는데도 올해 상당한 예산을 배정받았군요. 예산도 파격적, 발령도 파격적이네요."

어지 데일의 타깃이 시장의 가능성에서 유빈에게로 옮겨갔다.

"파격이 아니면 격을 부술 수 없으니까요."

"예전 담당자가 성공하지 못한 일인데 당신이 성공할 거라고 자신 있게 말할 수 있나요?"

"네. 목표치인 6%는 곧 달성될 겁니다. 감사가 내년에 왔으면 결과를 제대로 보여 드릴 수 있었을 텐데요."

"……."

무표정하던 어지 데일의 표정이 살짝 일그러졌다.

상대는 논리가 통하지 않는 사람이었다. 앵무새처럼 계속 똑같은 말만 하는 모습이 짜증이 났다.

이제는 말장난은 그만할 때였다.

무슨 자신감으로 저렇게 말하는지 모르지만, 유빈이 그런 모습을 보일수록 블러핑이라는 확신은 강해졌다.

"아쉽게도 내년에 올 일은 없을 것 같군요. 만약 지금이라도 여성건강사업부 관련 시장이 증가하고 있다는 자료가 있다면 다시 고려해 보겠지만요."

"정말입니까?"

"네? 뭐가 말입니까?"

"지금 다시 고려해 보겠다는 그 말 말입니다."

"……자료가 있다면요."

어지 데일의 말이 끝나자마자 유빈은 들고 온 서류철에서 뭔가를 꺼냈다.

"한번 봐 주십시오."

어지 데일이 떨떠름한 표정으로 자료를 건네받았다.

"음……."

무거운 침음성이 그의 입에서 흘러나왔다.

"으음……."

어지 데일이 자료를 보다가 유빈을 한 번 쳐다보고는 다시 시선을 자료로 향했다.

"이 자료는……."

"한 달 전에 IMS 헬스코리아에 의뢰해서 받은 자료입니다. 다행히 시간에 맞출 수 있었습니다."

IMS 헬스는 헬스케어 데이터 통계 분석으로는 세계 최고의 회사였다. IMS에서 나온 자료라면 공신력을 의심할 수 없었다.

"하지만 어떻게 한 달 전에 의뢰를……."

질문이 아닌 혼잣말을 계속 읊조리며 어지 데일은 여전히 자료에서 눈을 떼지 못했다.

"……4.5%군요."

"네, 4.5%입니다."

어지 데일이 보고 있는 자료는 가임기 여성 천 명을 대상으로 한 피임약 복용률 조사였다. 원래는 연말에 계획되어 있었지만, 감사에 대비하기 위해 말과 그림을 통해 급하게 진행한 것이었다.

유빈은 드라마 PPL과 텔레비전 피임약 광고를 통해 대중의 인식에 조금이나마 변화가 있을 거로 예측했다.

결과적으로 유빈의 생각은 적중했다.

마의 3%를 넘은 4.5%의 결과가 의심할 수 없는 시장의 가능성을 보여 주고 있었다.

유빈이 또 다른 서류를 꺼내 어지 데일에게 내밀었다.

"보시면 알겠지만 레퍼런스를 위해 작년과 재작년에 인공임신중절 수술을 한 여성의 수술 전 피임방법에 대한 설문조사를 동시에 진행했습니다."

충격을 받은 어지 데일이 조심스럽게 서류를 받아들었다.

"피임에 대한 한국 여성의 인식이 이 정도입니다. 피임법으로 월경주기법과 질외사정이 67%, 콘돔이 36%, 피임약 3%, IUD(자궁 내 피임장치) 역시 3%입니다. 그리고 임신 계획이 없는데도 특별한 피임을 하지 않았다고 답한 사람도 13%로 3위였습니다."

"……."

다른 나라의 수치를 꿰고 있는 어지 데일은 한국 여성의 피임에 대한 인식이 얼마나 떨어지는지 알 수 있었다.

"그뿐만이 아닙니다. 설문조사에 보면 피임 효과에 대해서도 21%의 여성이 콘돔이 가장 피임 효과가 높다고 대답했고 단 9%만이 피임 효과가 가장 뛰어난 피임 방법으로 피임약을 선택했습니다."

"음……."

"이런 빈약한 인식 속에서 피임약 복용률이 4.5%로 상승한 겁니다. 이제 시작입니다. 피임에 대한 인식을 교육과 홍보를 통해 바꾸면 시장은 더욱 커질 것입니다. 그런데도 여성건강사업부 인원을 줄일 생각입니까?"

유빈의 말이 끝나자 회의실 안이 침묵에 휩싸였다.

댄 캠벨도 놀란 표정으로 유빈을 쳐다보고 있었다.

유빈은 캠벨 그리고 어지 데일을 상대하면서 일부러 살짝 공격적이고 막무가내의 모습을 보였다.

그런 모습에 캠벨은 결국 화를 냈고 어지 데일은 짜증을 냈다. 기계같이 냉정한 모습만 보였던 그들의 감정을 흔들어 놓은 것이다.

유빈의 태도에 승부욕이 생긴 어지 데일은 결국 자료만 있다면 감사 결과를 다시 생각해 보겠다는, 굳이 하지 않아도 될 약속을 했다.

그런 과정에서 유빈은 감사팀이 중요하게 생각하는 수치 자료를 내밀었다.

평소처럼 냉정했다면 거부할 수도 있는 자료였다.

유빈은 어지 데일의 가치 판단이 사람이 아닌 숫자에 있다는 사실을 이미 알고 있었다.

가능성 있는 숫자를 보여 주면 어지 데일도 생각을 달리할 수밖에 없다고 생각했다.

그리고 유빈의 시나리오는 한 치의 오차 없이 결말로 치달았다.

"미스터 킴이 무슨 말을 하고 싶은지는 알겠습니다."

유빈이 건네준 서류를 정리한 어지 데일이 침묵을 깼다.

"이 자료를 바탕으로 해서 감사 결과를 말씀드리겠습니다."

"알겠습니다."

확답은 받지 못했지만, 유빈의 표정은 밝았다.

어지 데일의 오라가 변한 게 보였다.

어지 데일에게 건넨 자료는 감사실에 들어오기 직전 말과 그림의 박 과장이 전해 준 따끈따끈한 설문조사였다.

박 과장이 IMS를 닦달해 겨우 시간에 맞춘 것이었다.

유빈과 박 과장의 팀워크가 다시 한 번 빛을 발했다.

"이제 나가도 됩니다."

"여성건강사업부 감사 인터뷰는 저로 마지막인가요?"

"그렇습니다."

유빈이 자리에서 일어나 캠벨과 어지 데일을 향해 가볍게 목례하고는 이번엔 파란색으로 라벨링 된 자료를 꺼냈다.

여성건강사업부 관련 자료는 모두 분홍색 라벨로 표시되

어 있었다.

"그렇다면 이 자료도 한번 살펴봐 주십시오. 저는 아무 말도 안 하겠습니다."

"이게 무슨 자료죠?"

"보면 알 겁니다. 그럼 수고하세요."

유빈이 나가자 캠벨이 어지 데일에게 다가왔다.

"휴우, 폭풍이 휘몰아친 느낌이야. 진짜로 자료를 가지고 있을 줄이야."

어지 데일이 감사팀의 팀장이었지만 두 사람은 친구처럼 친근하게 대화했다. 유빈이 나가자 마치 다른 사람이 된 것처럼 표정도 변했다.

"나도 예상하지 못했어."

"4.5%라면 작년보다 50%가 증가한 거잖아."

"그래, 절대 수치는 아직 낮지만, 속도가 빨라. 6개월 만에 50%. 게다가 조금 전에 나간 미스터 킴의 말대로 올해가 시작이라면 앞으로 시장은 더욱 커질 거야."

"그럼 보고서를 수정해야겠는데?"

"그래야 할 것 같아. 다시 한 번 자세히 읽어 보자고."

둘은 다시 한 번 자료를 살피며 감탄한 표정으로 대화를 나눴다.

"알았어, 그런데 그건 무슨 자료야?"

어지 데일은 유빈이 나가면서 마지막으로 준 자료를 정독했다. 그는 고개를 파묻은 채로 답했다.

"인사 자료."

"인사 자료? 인사 자료를 왜 준 거야?"

"한 번이면 그렇다 치더라도 이건 심한데."

"뭐가? 무슨 소리야?"

"댄, 너도 한 번 읽어 봐."

빠르게 자료를 살핀 어지 데일이 자료를 캠벨에게 넘겼다.

"뭐야, 면접 평가 서술이랑 점수잖아. 이게 뭐 어쨌다는 거야?"

"평가랑 합격자가 일치하지 않잖아."

"응? 정말 그러네. 뭐야, 몇 명이나 되는 거야?"

"10년간 19명이야. 그것도 모두 과장급 이상으로만."

"점수와 관계없이 뽑을 거면 면접은 왜 보는 거야. 그나저나 미스터 킴이 이 자료를 왜 준 거지? 최종 결재자도 다르잖아."

"최종 결재자는 역대 제네스 코리아 제약사업부 사장이야. 지금까지 10년 동안 다섯 명이 사장 자리를 거쳐 간 거지. 그런데 최종 결재 전에 중간 결재자를 봐 봐."

"어…… 미스터 최, 바이스 프레지던트. 응? 잠깐만, 10년 동안 미스터 최가 최종 결재를 올렸다는 말이잖아."

캠벨은 내용에 놀라면서도 한편으로 어지 데일의 능력에도 감탄했다. 그 짧은 시간 동안 이걸 모두 파악했다니.

"채용 자체로도 문제 삼을 수 있지만, 더 확실히 해야 해. 지금부터 우리가 할 일은 미스터 최가 최종 결재를 올린 사람이 채용된 이후로 그 부서에 어떤 실적 변화가 있었는지, 또 그 부서에 인원 변화는 없었는지 확인하는 거야."

"컥, 왠지 밤새지 않으면 안 될 것 같은 이야기인데, 내일이 마지막 감사라고. 항암사업부도 봐야 할 자료가 산더미인데."

"그 사람 말처럼 월급 받은 만큼은 일해야지."

"어? 아……! 그런데 신기하지 않아? 그 미스터 킴이라는 사람 말이야. 어떻게 네가 말하는 거를 다 알아들었지? 나도 네 발음에 적응하는 데 꽤 걸렸는데."

"……."

"알았어, 그만할게. 이 자식은 발음 이야기만 나오면 소심해져서는."

"항암사업부는 네가 맡아. 난 미스터 킴이 준 자료를 분석할 테니까. 이쪽에서 더 흥미로운 숫자가 나올 것 같은 기분이야."

"나보고 항암사업부 전체를 다 하라고? 너 삐쳤지?"

"나는 팀장이고 너는 팀원이야. 하라면 해."

"……잘못했다. 아니, 제가 잘못했습니다. 팀장님."

어지 데일의 삭막한 표정에 캠벨은 우는소리를 할 수밖에 없었다.

최상렬 부사장이 기분 좋게 컴퓨터를 켰다.

감사팀은 감사가 끝났음에도 끝까지 식사를 비롯한 접대를 거절했다.

한국에 왔으면 맛있는 거라도 먹고 갈 것이지. 뭐가 그리 바쁜지 다음 감사 대상 국가가 있는 남미로 오늘 떠났다.

하지만 아쉽거나 하지는 않았다. 그들이 바쁘건 말건 최상렬이 알 바는 아니었다.

그에게 중요한 것은 바로 감사 보고서였다.

어지 데일은 출국 날 아침, 공항에서 첼시 사장을 비롯한 임원진에게 메일로 보고서를 보내 준다고 했다.

아니나 다를까.

어지 데일에게서 온 뜨끈뜨끈한 메일이 들어와 있었다. 첨부된 PDF 파일을 연 최상렬이 보고서의 목차를 확인하고는 바로 여성건강사업부로 넘어갔다.

다른 부서의 결과는 그의 관심사가 아니었다.

Womans Health Care

작년 매출 성장세는 긍정적이나 매출 금액과 비교하면 현재 영업 인력과 마케팅 인력이 과한 상태.

하지만 올해 보이는 시장 성장성과 미래를 대비한 잘 짜인 계획으로 봤을 때는 적절한 인원이라고 보임.

감사 결과: 현 상태 유지, 절감할 비용 없음.

"……뭐야. 뭐야! 이게 뭐야!!"

최상렬은 자신의 눈을 의심했다.

아무리 봐도 여성건강사업부 인력 조정이라는 단어나 문장은 찾아볼 수 없었다.

"이럴 리가 없어. 이럴 리가……."

일찍 출근한 게 다행이었다.

누가 지금 최상렬 부사장의 모습을 봤더라면 다른 사람으로 볼 정도로 그는 이성을 잃은 상태였다.

최상렬이 뭐라도 발견하기 위해 미친 듯이 스크롤을 내렸다. 그러다 그의 손가락이 마비된 것처럼 갑자기 멈췄다.

인사 조치 요망

제네스 코리아 최상렬 부사장

제네스 코리아 도매부 전광용 상무

제네스 코리아 여성건강사업부 마케팅 유진영 차장

제네스 코리아 EBP부서 김성택 과장

.

.

.

첨부 자료 참조(컨피덴셜)

감사 보고서의 마지막 페이지를 확인한 최상렬 부사장의 손가락이 부들부들 떨렸다.

그 떨림은 손을 타고 올라가 온몸으로 퍼졌다.

마른침을 계속 넘겼지만, 목의 갈증은 해소되지 않았다. 명단을 읽은 그의 이마와 등에서 식은땀이 흘러내렸다.

인사 조치 요망이라고만 나와 있지 어떤 식으로 조치하라는 말은 보고서에 나와 있지 않았다.

하지만 최상렬 부사장은 명단만 봐도 알 수 있었다.

전부는 아니지만, 대부분이 최상렬 부사장이 꽂아 놓은 사람이었다.

"이건 음모야, 음모!"

분명 통역하는 직원이 보고했을 때까지만 해도 모든 건 그의 계획대로였다.

"설마…… 또…… 김유빈이……."

그는 놀람을 넘어 섬뜩함을 느꼈다.

김유빈 그 녀석이 도대체 회의실에서 무슨 말을 했기에 식사조차 같이하지 않는, 아니, 식사가 뭐야, 말조차 섞지 않는 어지 데일을 설득했을까.

아무리 머리를 굴려도 떠오르는 게 없었다.

그게 무서웠다.

유빈이 갖춘 능력의 크기를 재기에는 그의 줄자가 한참 짧다는 것이 느껴졌다.

재단할 수 없는 자에 대한 두려움!

이해할 수 없는 것에 대한 섬뜩함은 곧 공포에서 다시 분노로 바뀌었다.

빌어먹을 컨피덴셜(기밀) 파일을 아무리 눌러 봐도 아무런 일이 일어나지 않았다.

"으아악! 김유빈, 어지 데일 이 새끼들!!"

최상렬이 주먹으로 키보드를 부서지도록 내리쳤다.

10년 동안의 계획이 무너진 마음의 허탈감과 유빈에게 졌다는 패배감이 그를 견딜 수 없게 만들었다.

"으아아악!"

최상렬의 괴성이 텅 빈 사무실을 울리고 또 울렸다.

"고생했어요. 그리고 고마워요. 미스터 킴."

첼시 사장이 유빈을 꼭 껴안았다.

어색한 광경이었지만 박용신 전무도, 장결희 본부장도 흐뭇하게 두 사람을 바라봤다.

어지 데일이 보낸 보고서를 읽은 역전의 용사들이 사장실에 다시 모인 참이었다.

첼시 사장은 유빈에 이어 박 전무와 장 본부장도 껴안았다. 조금 전보다 두 배는 더 어색했지만, 기쁨이 어색함을 무마시켰다.

"도대체 어떻게 한 거예요?"

흥분이 어느 정도 가라앉은 첼시 사장이 유빈을 마치 마술사라도 되는 것처럼 쳐다봤다.

여성건강사업부를 위기에서 구한 건 둘째치고 최상렬 부사장 라인을 한순간에 무너뜨려 버렸다.

도대체 어떻게?

세 사람의 얼굴에 똑같은 의문부호가 그려져 있었다.

"감사는 우리에게는 위기였지만, 생각해 보면 기회일 수도 있다고 생각했습니다. 어지 데일이 최상렬 부사장이 지난 세월 동안 회사에 끼친 부정적인 면을 알게 되면 가만히 있을 리가 없을 테니까요."

유빈이 씨익 웃으며 감사에서 있었던 일을 설명했다.

"하지만 최상렬은 허술한 사람이 아닌데. 게다가 그는 회사 생활을 하는 동안 딱히 눈에 띄는 오점을 남긴 것도 없고."

"맞습니다. 정말 철저한 사람이더군요. 일을 꾸며도 반드시 꼬리를 자를 수 있게 처리했습니다. 직접 회사에 손해를 끼친 일도 없었습니다. 하지만 한 가지, 그도 생각하지 못한 것이 있었습니다. 바로 인사 자료죠."

"인사 자료?"

"최상렬은 그의 라인을 만들고 무능력한 사람을 특정 자리에 배치하기 위해 채용 과정에 개입했습니다. 실무진 면접에서 좋은 점수를 받은 사람이라도 부사장 면접에서 탈락시켰죠. 핑계는 충분했습니다. 인성이라든가, 조직 친화성이라는 계량할 수 없는 이유를 댔죠."

"흐음, 하긴 유 차장도 최상렬 부사장이 주도해서 데리고 온 거고. 승진도 그의 입김이 들어갔지."

박 전무가 고개를 마구 끄덕였다.

"맞습니다. 저는 그런 케이스가 유 차장에게만 국한되어 있진 않을 거로 생각했습니다. 그래서 인사부에 자료를 요청했습니다."

이야기가 거듭될수록 세 사람은 유빈의 치밀함에 감탄을

금치 못했다.

세 사람이 유 차장을 인사 발령 낸 최상렬의 의도에 화를 낼 때, 유빈은 그 뒤에 숨은 문제를 찾아낸 것이었다.

"그래서 자네가 처음 긴급 회의할 때, 유 차장 문제는 자연스럽게 해결될 거라고 한 거군."

박용신 전무가 감탄하면서 엄지와 중지를 퉁기며 시원한 소리를 냈다.

"네, 뿌리를 해결하면 가지는 자연스럽게 해결되는 법이니까요."

OC 프로젝트를 진행하고 여성건강사업부를 구하기 위해 동분서주하면서 무슨 여유가 있어 최상렬 부사장을 잡을 올가미까지 마련했단 말인가.

"5년 동안의 자료로는 부족해 강찬호 이사님에게 부탁해 종이로 남아 있는 10년간의 인사 자료를 모두 확인했습니다. 그리고 최상렬이 개입한 정황이 보이는 자료를 모두 영어로 번역해서 어지 데일에게 넘겼습니다."

"어메이징!"

"대단합니다."

"저는 갑자기 오한이 드는군요. 하하."

장결희 본부장이 자신의 팔을 쓸어내렸다. 유빈이 적이 아니어서 다행이라는 생각이 들 정도였다.

"하하, 어지 데일에게는 최상렬 부사장에 관해 한마디도 안 했습니다. 그저 자료를 넘겼을 뿐입니다. 그라면 그 속에 담긴 이야기를 알아챌 거로 믿었습니다. 그리고 역시 그는 제 기대대로 정확히 문제를 짚어 냈습니다."

"어지 데일이 어떻게 인사 조치를 요구했는지는 모르겠지만, 최소한 최상렬 부사장은 무사하지 못할 겁니다."

유빈의 말을 들은 박용신 전무가 힘차게 고개를 끄덕였다.

"지금 메일을 보고 있는 그의 기분이 궁금하군요."

"정확하게 인사 조치 내용이 명시된 것보다 더 괴로울 겁니다. 희망과 고통이 번갈아 그를 괴롭히겠죠."

첼시 사장은 최상렬 부사장에 대한 이야기가 끝나자 이번에는 OC 프로젝트의 성과에 대해서 유빈을 추어올렸다.

"4.5%라니. 정말 대단해요."

단순하게 1.5% 상승이 중요한 것이 아니었다. 불가능하다고 여겼던 벽을 넘어선 사실이 의미가 있었다.

유빈은 모두가 한계라고 할 때, 시장이 더 성장할 수 있다는 가능성의 문을 연 것이었다. 성장성은 어지 데일도 중요하게 고려한 점이었다.

첼시 사장은 유빈에게 프로젝트를 맡길 때, 일 년 만에 성과를 내기를 기대하지 않았다. 최소 3년 정도의 장기 프로젝트를 생각했었다.

그래서 자신이 다른 나라로 발령이 날 때쯤 결과가 나올 수도 있겠다고 예상했다. 물론 유빈을 믿었기 때문에 세울 수 있는 계획이었다.

그런데 그녀의 기대를 넘어서 이렇게 빠른 성과를 보이고 결과적으로 감사에도 결정적 역할을 한 셈이었다.

유빈이 예뻐 보이지 않을 수가 없었다.

"이제 시작입니다. 불을 지펴 놨으니 이제 적절한 땔감만 넣어주면 됩니다."

"이렇게 기분 좋은 날은 그냥 넘어가면 안 되지요. 오늘 저녁 어떠세요? 제가 세 분을 초대하겠습니다. 호호."

"오오, 사장님이 초대하는 저녁 식사라니, 정말 기대됩니다."

아닌 게 아니라 한국 직원들과 술도 자주 마시는 제프리 마이어스 대표 이사와는 달리 첼시 사장은 업무 외적으로는 직원들과 그다지 어울리지 않았다.

박 전무가 흥분하는 이유였다.

"괜찮으시면 고생한 마케팅 직원들도 같이 초대해 주시면 안 될까요? 아직 결과를 몰라서 노심초사하고 있을 겁니다. 제가 말하는 것보다는 사장님께서 이야기해 주시는 편이 좋을 것 같습니다."

"어머, 저는 홍일점이 되고 싶었는데 미스터 킴이 눈치가 없네요. 호호. 농담이에요. 좋은 생각이네요. 하지만 결과는 미스터 킴이 전해 주세요."

"알겠습니다!"

유빈이 인사 조치를 제외한 감사 결과를 전해 주자 마케팅 팀 역시 축제 분위기가 되었다.

단 한 사람.

유 차장의 얼굴색은 순식간에 거뭇해졌다.

여성건강사업부가 위기에서 벗어난 일은 사실 그녀에게 큰 문제가 아니었다. 영업팀 몇 명이 ERP로 나가도 그녀의 자리에는 영향이 없었다.

하지만 그녀가 몇 년간 해내지 못한 일을 유빈이 해낸 것이 문제였다. 며칠 전 의사회에서의 일에 이어 제대로 어퍼컷을 맞은 그녀는 조용히 자리에서 일어나 화장실로 향했다.

아무도 그런 유 차장을 잡지 않았다.

이번 감사를 겪으면서 그녀의 리더십에 다들 실망한 눈치였다. 위기가 있을 때, 제일 앞에서 지휘하는 사람이 진짜 리더였다. 그런 의미에서 유 차장과 반대로 홍경은 과장과 유빈에 대한 직원들의 신뢰는 한층 높아졌다.

"이런 날은 한잔해야 하는 거 아니에요?"

서인아가 큰소리로 외쳤다.

"첼시 사장님이 오늘 마케팅팀에게 저녁을 쏘신답니다.

한잔은 2차로 가면 되겠네요."

"사장님이요? 와우!"

"헤에, 첼시 사장님이요? 왠지 사장님하고 가면 칼질 좀 해야 하는 데로 갈 것 같은데. 그리고 분위기 있는 바도 가고."

"으, 난 영어 때문에 머리 아픈데…… 우리끼리 먹으면 안 되나요?"

박다혜의 우는 소리에 다시 한 번 웃음이 터져 나왔다.

분위기가 어느 정도 정리되자 책상에 앉은 유빈은 기분을 추슬렀다. 한고비를 넘기기는 했지만, OC 프로젝트의 목표인 6%를 달성하기 위해서는 아직 할 일이 많았다.

유빈은 말과 그림 박정균 과장에게도 소식을 전했다.

"시간에 맞출 수 있어서 저, 정말 다행입니다."

"다 박 과장님 덕분입니다. 감사합니다."

"그런데 매니저님, 텔레비전 광고 비용이 마, 만만치 않아서 이대로 가면 예산이 부족할 것 같습니다. 이번에 서베이를 진행하면서 예상외의 지출도 있었고요. 잘해도 9월 말 정도까지가 한계입니다."

"서베이는 어쩔 수 없는 선택이었습니다. 그리고 저도 지금 예산으로는 그때까지인 거로 계산했습니다."

"바, 방법이 있나요?"

유빈이 이미 알고 있자 박 과장이 희망을 품고 물었다.

"사장님한테 예산 증액을 요청했습니다. 다행히 이번에 결과가 좋게 나와서 1억 원 정도는 가능할 것 같습니다."

"으음, 1억 원 정도로는……."

"부족하죠. 사실 처음부터 생각해 놓은 방법이 있기는 합니다."

"오, 그런가요? 역시!"

"하지만 확실한 건 아닙니다. 경쟁을 해야 하거든요."

"겨, 경쟁이요?"

"7월에 싱가폴 아시아 헤드쿼터에서 아시아 마케팅 콘퍼런스가 열립니다. 매년 아시아 각국의 마케팅팀 전부가 모이는 큰 행사죠. 행사 세션 중에는 마케팅 전략 컴피티션이 있습니다. 각자의 나라에서 실행한 혹은 실행하고 있는 마케팅 전략을 발표해서 경쟁하는 겁니다."

"아, 그렇군요. 그런데 그게 예산하고 무슨 상관인지……?"

"발표 경쟁에서 일등을 한 나라에는 하반기 예산을 아시아 리전에서 보조해 줍니다. 작년에는 2억 원 정도 되었죠."

"헉, 정말입니까?"

"경쟁에서 이기면 12월까지 텔레비전 광고를 계속 이어 갈 수 있을 겁니다."

"꼭, 이겨야겠군요."

"네, 7월까지는 그쪽에 집중할 생각입니다. 박 과장님께서는 프로젝트 진행 상황을 계속 체크해 주시기 바랍니다."

"알겠습니다. 매니저님의 거, 건승을 빌겠습니다!"

한 달이라는 시간은 금방 지나갔다.

아니, 누군가에게는 그랬지만 다른 누군가에게는 반대였다.

한 달 새 수척해진 최상렬 부사장이 로비를 지나 엘리베이터에 올라탔다.

지난 한 달간은 그에게 지옥이나 다름없었다.

사형선고를 받은 죄수가 사형집행 날짜를 초조하게 기다리는 마음이랄까.

직원들이 벽에 붙어 있는 공문을 보고 웅성거리는 모습이 보였지만, 간섭하고 싶은 마음이 들지 않았다.

오늘도 초조하게 컴퓨터를 켠 최상렬 부사장이 여느 때처럼 메일을 먼저 확인했다.

다행히 본사 쪽이나 아시아 리전에서 새롭게 들어온 메일은 없었다.

'휴우, 없어. 다행이군. 아니야. 다행은 무슨. 그놈의 인사 조치가 뭔지 빨리 알아내야 하는데…….'

"으헉!"

갑자기 울린 내선 전화에 최상렬이 자기도 모르게 소리를 냈다. 최근에 많이 심약해진 탓이었다.

"……무슨 일이야?"

최 부사장이 신경질적으로 전화를 받았다.

이미 그에게는 존댓말을 할 정도의 여유가 남아 있지 않았다.

"저…… 부사장님. 면담 일정이 잡혔는데요……."

"면담? 무슨 면담?"

"혹시 오시면서 공문 확인 못 하셨나요?"

"아니. 못 했는데……."

불길한 느낌에 대답하는 그의 심장이 빠르게 뛰기 시작했다.

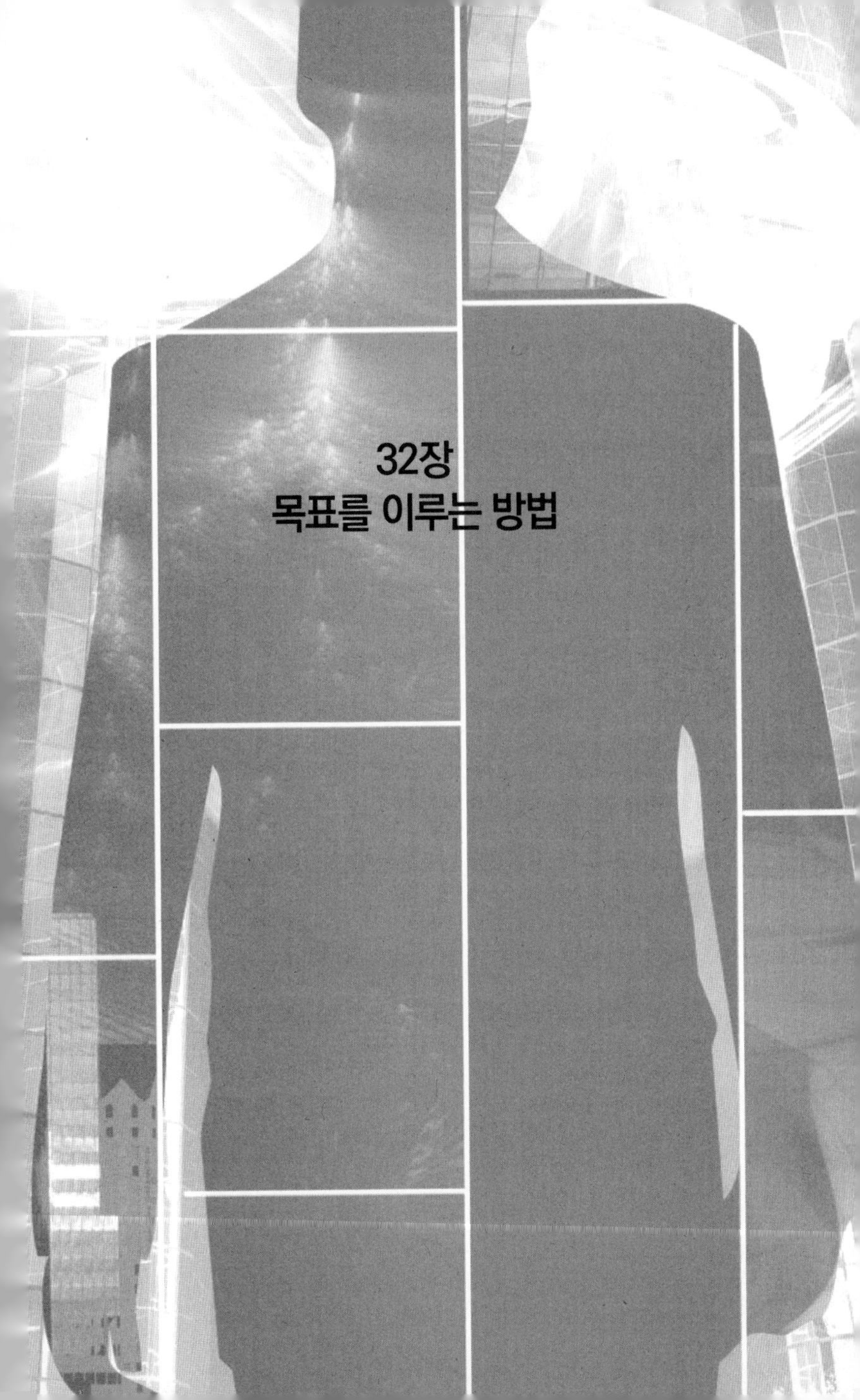

32장
목표를 이루는 방법

최상렬은 비서가 전해 준 면담 일정을 확인했다.

예상외로 노조위원장이 첫 번째 면담자였다.

노조위원장?

동물의약품 사업부의 이상돈 지점장이 현 노조위원장이었다. 그러나 최상렬과는 아무런 연관이 없는 사람이었다.

노조위원장을 제외한 그다음부터는 감사 보고서에 나온 명단 그대로였다.

김성택 과장, 유진영 차장, 전광용 상무 등이 줄줄이 일정에 이름을 올리고 있었다. 그리고 최상렬 부사장은 면담 일정의 마지막인 네 시로 되어 있었다.

불안감이 증폭되면서 심장이 두근거렸다.

'젠장, 점심 먹기는 글렀군.'

식사 생각을 하니 명치 부근에서 쥐어짜는 듯한 통증이 느껴졌다. 최상렬이 익숙한 손놀림으로 책상 위에 놓여 있는 위장약을 입속으로 털어 넣었다.

효과가 바로 나타날 리가 없지만 플라시보 효과 덕분인지 속 쓰림이 조금 가라앉았다.

'이놈들이 쓸데없는 말은 안 하겠지…… 안 할 거야…… 다 같이 죽자고 덤비지 않는 이상…… 그리고 나는 모르쇠로 일관하면 돼. 어차피 실제로 행동에 옮긴 사람은 그 녀석들이니까.'

최상렬은 아직 희망을 버리지 않았다.

자신은 잘못한 게 없었다. 잘못이라면 계속 무능한 외국 사장을 임명한 본사에 있었다.

최상렬이 벽에 걸린 시계를 쳐다보고는 풀어져 있던 넥타이를 고쳐 맸다. 어느덧 네 시가 가까워졌다.

꼬르륵.

역시 점심은 먹지 못했다. 배에서 눈치 없이 소리를 냈지만, 달래 줄 여유 따위는 없었다.

거울에 비친 자신의 수척해진 얼굴을 확인하며 최상렬은 마음을 추슬렀다.

'그래, 내가 최상렬이다. 혼자 힘으로 다국적 제약사의 부사장까지 된 사람이 바로 나야. 내가 이 정도 일도 못 이겨낼 것 같아? 난 잘못한 게 없어.'

비서의 배웅을 뒤로하고 부사장실을 나선 최상렬이 10층의 대회의실로 향했다.

목적지는 그에게 익숙한 장소였다.

아이러니하게도 그가 위원장으로 있는 인사위원회가 열리는 장소였다. 하지만 이번에는 그가 판결자가 아니었다.

지나가는 그를 보며 직원들이 인사했지만, 뒤에서 수군거리는 소리가 들렸다.

'이것들이!'

치밀어 오르는 분노를 다잡고 10층 회의실 앞에 도착하자 마침 도매부 전광용 상무가 나왔다.

60세가 다 되어 가는 나이임에도 헤어젤로 머리를 올백으로 넘겨 회사 내 멋쟁이로 불리는 전광용 상무였다.

그런데 회의실에서 나오는 그의 머리가 땀에 젖어 볼품없이 흐트러져 있었다.

최상렬이 뭐라고 한마디 하려 했지만, 눈이 마주친 전 상무는 가볍게 눈인사만 하고 도망치듯이 그를 지나쳤다.

'저 건방진 놈이! 인사도 제대로 안 해? 어디 두고 보자. 이번 일만 지나가면 너부터 아웃이다!'

손봐 줄 놈들이 너무 많았다.

"부사장님, 들어가십시오."

검은색 양복을 차려입은 직원이 회의실 문을 열어 줬다. 무거운 발걸음을 뗀 최상렬의 눈에 유난히도 오늘따라 양복의 검은색이 계속 밟혔다.

"부사장님, 앉으시죠."

박용신 전무가 차갑게 자리를 안내했다. 딱히 안내할 필요도 없었지만.

그가 앉을 의자는 한 곳밖에 없었다.

회의실에는 네 사람이 그를 기다리고 있었다. 두 사람은 그도 잘 아는 첼시 사장과 박용신 전무였고 나머지 두 사람은 외국인으로 초면이었다.

"본사 HR(Human Resources, 인사부) 시니어 디렉터 앨런 맥그레이디입니다. 이쪽은 본사 EBP 매니저 제니퍼 어거스틴입니다."

정중하게 소개는 했지만, 최상렬을 마주한 두 사람의 표정은 냉랭했다.

최상렬은 그들의 표정보다는 예상보다 높은 레벨의 인사가 한국에 왔다는 사실이 신경 쓰였다.

심장이 거칠게 뛰기 시작했다.

"미스터 최. 이번 면담은 한 달 전, 한국 지사를 감사해 작성된 보고서에 이은 후속 조치입니다."

"……예."

"보고서에 의하면 미스터 최가 부사장으로 재직한 10년 동안 과장급 이상의 인사에 정확히 열아홉 번 개입해 채용 결과를 바꿨더군요. 이에 대해 할 말 있습니까?"

최상렬 부사장의 피가 순간 차갑게 식었다.

'이거였구나!'

김유빈이든 어지 데일이든 누가 됐든 간에 인사 문제를 걸고넘어진 것이었다.

십 년간 열아홉 번?

그렇게 많았었나?

그의 머리가 빠르게 돌아갔다. 잠시 호흡을 가다듬은 최상렬이 최대한 침착하게 답했다.

"……전부 다 기억은 안 나지만 정상적인 인사 채용 과정이었다고 기억합니다."

"정상적이라고요? 잘 생각하고 답하십시오!"

맥그레이가 최상렬의 대답에 목소리를 높이며 앞에 놓여 있는 종이 뭉치를 쥐고 흔들었다.

겉으로는 누르고 있지만 이미 그는 한국 지사에서 벌어진 일에 화가 머리끝까지 솟은 상태였다.

"……불합격한 사람 중에 실무진 면접 점수가 높은 케이스도 있었지만, 결과는 임원면접에서 얼마든지 바뀔 수 있습니다. 능력이 있어도 제네스의 기업 문화에 맞지 않은 인재일 수도 있고 조직에 융화되기 어려운 사람도 있습니다."

하지만 최상렬도 눌리지 않았다.

"여보세요! 그 임원 면접이 하필이면 최상렬 부사장일 때만 이런 일이 생겼습니다."

"크흠, 뭔가 오해하시는 것 같은데 최종 결재는 사장님이 했습니다. 제가 최종 결재자가 아닙니다."

최상렬은 이야기할수록 침착해졌다.

처음에는 긴장으로 잘 나오지 않던 영어가 술술 나왔다. 인사 문제라면 빠져나갈 수 있는 구멍이 얼마든지 있었다. 그의 표정이 한결 여유로워졌다.

"그러니까 당신 말은 어떤 의도를 가지고 열아홉 명을 채용했다는 것은 아니란 말입니까? 무려 열아홉 명을요?"

"……물론입니다."

찔리기는 했지만 드러낼 수는 없었다. 최대한 버텨야 했다.

"그래요?"

최상렬의 여유 있는 대답에 맥그레이디는 톤이 점점 올라갔다. 반대로 회의실의 공기는 점점 차가워졌다.

"우리가 한국 지사까지 오면서 그런 대답도 예상하지 않았을 거로 생각합니까?"

"……."

"인사 채용 문제는 미스터 최가 결재를 올린 방향으로 결정했다. 한국 사람인 그가 새로 뽑을 실무진을 최종적으로 판단하는 게 옳다고 생각했다. 이렇게 말한 사람이 누구라고 생각합니까?"

"글쎄요…… 잘 모르겠습니다."

"한국에 오기 전, 우리는 메일 또는 전화로 세계 각지에 있는 전임 한국 제약사업부 사장을 인터뷰했습니다. 조금 전 두 문장은 그들이 공통적으로 한 말입니다. 이래도 계속 발뺌할 생각입니까?"

당당했던 최상렬의 눈동자가 약하게 흔들렸다.

"공정성을 위해 카일라 첼시 현 사장의 증언은 제외했습니다만 오프 더 레코드로 그녀 역시 같은 증언을 했습니다."

"……문제가 될 것 같으니까 저한테 책임을 떠넘기는 거겠죠."

최상렬의 목소리가 살짝 수그러들었다.

첼시 사장을 흘깃 쳐다봤지만, 그녀는 시선을 돌리지 않았다. 빨리 잘못을 인정하라는 눈빛이었다.

오히려 최상렬이 시선을 계속 받지 못하고 고개를 돌렸다.

"끝까지 인정을 안 하는군요. 좋습니다. 우리가 왜 미스터 최를 마지막 면담에 넣었는지 아십니까?"

"제 직급이 가장 높기 때문이겠죠."

자신을 위압하는 모습에 반발심이 생긴 최상렬이 성의 없이 대답을 툭 내뱉었다.

"아니요. 미스터 최가 채용에 결정적인 역할을 한 사람들의 이야기를 먼저 들어보기 위함이었습니다."

최상렬이 자기도 마르게 마른침을 꿀떡 삼켰다.

설마…….

"다음은 EBP 부서 김성택 과장의 말입니다."

엘렌 맥그레이디가 책상 위에 놓인 녹음기의 버튼을 눌렀다.

–최상렬 부사장님에게 EBP 부서 감사 대상과 인사위원회 진행 여부 등에 대한 정보를 정기적으로 보고했습니다.

귀에 익은 목소리에 최상렬의 손이 떨리기 시작했다.

'이 은혜도 모르는 새끼. 능력도 모자란 놈을 과장으로 만들어 줬더니!'

"다음 목소리는 여성건강사업부 유진영 차장입니다."

–전 부사장님이 시킨 대로 했을 뿐이에요. 마케팅 업무를 하면서 큰 결정은 모두 부사장님에게 물어서 진행했어요. 정말이에요. 회의가 끝나면 항상 보고했고 다 듣고 난 부사장님이 하나씩 지시를 내렸습니다. 저는 그저 명령을 따른 것

뿐입니다.

유진영 차장의 녹음 목소리에 이어 여러 명이 연이어 등장했다.

녹음 파일을 들으면서 최상렬 부사장의 얼굴이 붉으락푸르락 변했다. 다 듣고 난 그의 얼굴에 시커먼 그늘이 드리웠다.

어떻게 단 한 명도 자신의 책임이라고 하는 사람이 없었다. 다들 살기에 급급해 최상렬 부사장과의 관계를 불고 있었다.

하긴 그런 한심한 놈들이라서 최상렬이 뽑은 거기도 했다.

'이번 일만 잘 넘어가면 네놈들은 깡그리 정리해 주겠다.'

"이래도 할 말이 남았나요? 당신이 결정한 인사가 부서에 배정되면 그 이후로 천천히 실적 상승률이 감소했습니다. 그리고 퇴사하는 직원은 늘어났고요."

"아니, 그게 꼭 연관이 있다고 말할 수는 없지 않습니까?"

"이봐, 미스터 최! 당신이 자격이 없는 사람을 부서에 배정해서 회사를 망쳐 놓으려 했는데 그렇게 뻔뻔할 수 있어? 30년 동안 제네스 직원으로 일한 게 부끄럽지도 않나? 당신의 행동은 회사에 대한 배임(背任)이야!"

"……인정할 수 없습니다. 저는 이 회사에 대해 지금까지 최선을 다해 일했습니다."

자신보다 젊은, 그것도 외국인에게 당하는 것이 수치스러웠지만, 최상렬은 끝까지 자기 할 말을 했다.

"후우, 첼시 사장의 말을 들어보니 인정하지 않을 거로 예상은 했습니다만 정말 양심도 없군요. 좋습니다. 인사 문제는 잠시 넘어가죠."

맥그레이디가 분을 삭이며 본사 EBP 매니저인 제니퍼 어거스틴에게 고개를 끄덕였다.

여자인데도 상당한 거구의 흑인인 제니퍼가 앞에 있는 자료를 집어 들었다.

"미스터 최. 작년에 도매부 전광용 상무에게 지시해 일부 지역으로 엔젤로의 출고를 지연시킨 적이 있습니까?"

그녀는 다른 말없이 본론으로 들어갔다.

질문을 들은 최상렬이 속으로 쌍욕을 퍼부었다.

조금 전에 만났던 전광용의 눈빛.

어쩐지 눈을 마주치려 하지 않는 그 모습이 이해가 되었다.

'김유빈 그 녀석인가…….'

작년에 아들인 최석원 때문에 일을 무리하게 진행한 것이 뼈아픈 결과로 돌아오고 있었다.

인사 문제는 정황상으로는 의심할 수 있었다. 그렇지만 남겨져 있는 증거는 없었다. 최상렬이 계속 부정하면 의도를 입증할 수도 없었다.

하지만 지금 다뤄지는 문제는 달랐다. 그래도 최상렬은 우길 수밖에 없었다.

"……미스커뮤니케이션이 있었던 것 같습니다."

"그럼 다른 질문을 하죠. 역시 작년에 강남구 산부인과 의사회 회장인 김…… 세윤 맞나요? 그 김세윤 원장과 해외 골프 여행을 다녀온 적이 있죠?"

"크흠, 그건 개인적인 친분 때문에……."

"제네스와 제휴되어 있는 호텔을 이용하고 금액은 모두 미스터 최가 부담했습니다. 어디가 개인적인 친분 때문인지 모르겠군요."

"……."

최상렬의 입이 닫히기 시작했다.

이 녀석들은 단지 보고서의 내용뿐만 아니라 자신에 대해서 철저히 준비를 해 왔다.

'석원이를 도와주려고 무리한 게 이런 식으로 돌아오다니…….'

"질문은 드렸지만 모두 사실로 드러난 내용입니다. 미스터 최가 인정하든 인정하지 않든 말이죠."

따지고 보면 모든 건 김유빈 때문이었다.

김유빈만 아니었다면 지금 첼시 사장이 앉아 있는 자리는 자신이 앉아 있었을 것이었다.

그래도, 그래도.

인사 문제에 대한 증거가 확실하지 않고 석원을 도우려 한 일은 해고당할 만큼 큰 잘못은 아니었다.

징계를 받는 건 어쩔 수 없지만, 직위는 유지할 수 있을 것 같았다.

최상렬이 묵묵부답하자 다시 앨런 맥그레이디가 말을 이었다. 어떻게든 빠져나가려는 최상렬의 모습에 그의 얼굴에 은은한 분노가 어렸다.

"만약 미스터 최, 당신이 만약 본사 근무자라면 이런 절차 없이 바로 해고입니다. 해고!"

"……."

"임원은 높은 자리에 있는 만큼 일반 직원보다도 강한 도덕적 잣대로 행동 하나하나에 신경을 써야 합니다. 하지만 당신은 지위를 이용해 회사를 개인의 것인 양 주물렀습니다."

"……."

최상렬은 계속해서 침묵을 유지했다.

"이곳은 한국이고 한국의 근로노동법에 따라 처리하겠습니다."

언성을 높이는 것보다 낮게 깔린 그의 목소리가 더 가슴을 옥죄었다.

최상렬의 눈가가 떨리기 시작했다. 그도 긴장되지 않을 수 없었다.

"미스터 최. 당신은 두 가지 중 하나를 선택할 수 있습니다. 하나는 회사에서 제안하는 권고사직을 받아들이는 겁니다. 권고사직 조건은 이렇습니다."

맥그레이디가 종이 한 장을 내밀었다.

내용을 확인한 최상렬의 관자놀이에 두꺼운 핏줄이 솟아올랐다.

"퇴직금을 60%나 삭감한다고?"

처음으로 최상렬의 목소리가 커졌다.

"레귤레이션에 나와 있는 조항입니다. 비위 임직원에 대해서는 퇴직금의 최대 60%까지 삭감할 수 있다."

"뭐, 이런 개 같은!"

최상렬이 한국어로 욕을 해 댔다.

그만두는 것조차 생각하지 않았는데 퇴직금이라니.

퇴직금을 깎으라는 것은 30년 가까이 제네스에 바친 자신의 시간을 인정할 수 없다는 의미였다.

절대 받아들일 수 없었다.

맥그레이디는 최상렬의 반응에 개의치 않고 계속했다.

"다른 한 가지 방법은 내일부터 E-9 그레이드로 강등되고 회사 생활을 하는 겁니다."

"뭐? E-9?"

E-9은 영업직 신입사원이 회사에 입사해 처음 받는 직급 그레이드였다.

"난 인정 못 해! 뭐, 이런 개떡 같은 경우가 다 있어! 그래, 노조. 노조에서 가만히 있을 것 같아?"

당황한 최상렬이 생각나는 대로 소리를 질렀다.

"오늘의 인사는 노조위원장과 합의가 된 일이고 당신은 임원이야! 노조 소속도 아니라고!"

맥그레이디도 참지 않고 맞불을 놓았다.

분을 못 이긴 최상렬이 자리에서 벌떡 일어나자 회의실 문을 열었던 검은 양복의 남자가 그의 팔을 잡아 제지했다.

"다른 선택은 없습니다. 미스터 최. 당신은 당신이 저지른 일에 대한 책임을 져야 합니다. 선택하지 않으면 지금 이 시각부터 당신의 회사 핸드폰과 이메일 계정 결재권은 모두 중지됩니다. 물론 회사 출입 권한도요."

제니퍼 어거스틴이 묵직한 음성으로 말했다.

그 말에 반항하던 최상렬의 동작이 멈췄다.

"이 새끼들, 능력도 없는 놈들이 미국에서 태어났다는 이유로 떵떵거려?"

아무도 예상하지 못한 소리가 최상렬의 입에서 나왔다.

"네놈들은 한국에서 태어났으면 내 얼굴도 똑바로 못 쳐다봤어! 알아? 아냐고? 너희가 뭔데 나한테 이래라 저래라야! 내가 최상렬 부사장이라고! 부사장!!"

지켜보던 박용신 전무의 표정이 찌푸려졌다.

최상렬 부사장의 민얼굴이 그대로 드러난 것 같았다.

"삼십 분 이내로 선택해 주십시오."

상대할 가치도 없다는 듯이 맥그레이디가 자리에서 일어나자 나머지 사람들도 따라서 일어났다.

박용신 전무가 잠깐 발광하는 최상렬에게 시선을 주었다.

한국인으로서 영업부터 시작해 부사장까지 이른 신화적인 인물이 몰락한 추한 모습이었다.

'다 당신의 욕심이 자초한 일이요.'

"으아아아악!"

회의실 밖에서도 최상렬의 악에 받친 외침이 들렸지만, 아무도 신경 쓰는 사람은 없었다.

일주일 후, 공고된 인사 발령은 쓰나미급의 충격을 몰고 왔다.

가장 큰 충격은 최상렬 부사장의 갑작스러운 사직이었다. 그와 함께 사직하는 사람은 EBP 부서의 김성택 과장이었다.

도매부 전광용 상무는 직위는 유지했지만 페이 그레이드가 한 단계 내려갔다. 퇴직 때까지 감봉 징계를 받은 것이나 다름없었고 퇴직금도 줄어들게 되었다.

최상렬과의 거래로 금전적 이득을 노리던 그가 오히려 큰 돈을 잃게 된 것이었다.

여성건강사업부의 유진영 차장은 뜬금없는 오산의 QC(의약품 품질관리) 부서로 발령이 났다. 그것도 관리직이 아닌 대리급이었다.

안 좋은 인사가 있다면 승진 발령도 있었다.

엔젤로 PM인 홍경은 과장이 차장으로 진급하며 새롭게 여성건강사업부의 마케팅 헤드가 되었다.

그리고 피레논 AM인 주서윤이 홍경은 과장의 자리로 승진 발령이 났다.

"한여름 밤의 꿈이군……."

11시를 가리키는 시계를 확인한 최상렬이 중얼거렸다.

넥타이를 매지 않고 회사에 들어온 건 처음이었다.

직원들과 마주치지 않고 개인 물품을 챙기기 위해 늦은 시각 회사로 들어온 그가 부사장실에서 나왔다.

결국, 그는 본사에서 온 사람들의 의도대로 할 수밖에 없었다. 선택권은 애초부터 없었다.

무려 30년이 깃든 장소였다.

센티멘탈은 최상렬에게 어울리지 않는 단어였지만 이대로

나가기에는 꿈이 너무 허망했다.

최상렬이 자신이 일했던 부서를 하나씩 둘러봤다.

세월이 흐르면서 변하지 않은 것을 찾기 힘들었다.

"나도 비켜 가지 못했군."

거울에 비친 자신의 모습이 오늘따라 낯설었다.

실소를 흘리던 그가 고개를 저으며 다시 6층으로 가기 위해 엘리베이터를 기다렸다.

엘리베이터 문이 열리자 당연히 아무도 없을 거로 생각한 최상렬이 화들짝 놀랐다.

예상하지 못한 인물이 눈앞에 서 있었다.

"김유빈……."

"안녕하십니까. 안 타십니까?"

그에 반해 유빈은 침착했다. 호심법이 그의 마음을 단단하게 지켜 주고 있었다.

"……늦게 퇴근하는군."

엘리베이터에 탄 최상렬이 6층을 눌렀다.

7층에서 6층으로 내려가는 짧은 시간 동안 두 사람은 아무 말도 없었다.

6층에 도착하자 문이 열렸다.

최상렬이 엘리베이터 밖으로 걸어 나갔다.

유빈이 가볍게 목례하고 문이 완전히 닫히려는 찰나 다시

문이 열렸다.
최상렬이 아래 화살표 버튼을 누르고 있었다.
“물어볼 게 있는데 대답해 주겠나?”
유빈이 최상렬을 빤히 쳐다봤다.
며칠 사이에 주름과 흰 머리카락이 두드러지게 눈에 띄었다.
“말씀하십시오.”
“전광용 상무와 김세윤 원장 건. 자네 작품인가?”
작품이라고 하기에는 그렇지만 유빈이 조사해 첼시 사장에게 전달한 건 맞았다.
“그렇습니다.”
유빈의 당당한 대답에 최상렬 부사장이 입술을 깨물었다.
한 대 치고 싶은 욕망이 가슴속에서 들끓었다.
“왜 작년에 밝히지 않은 거지?”
“결정적일 때가 올 때까지 기다렸습니다. 작년에는 부사장님의 권력이 하늘을 찌를 때였지만, 이번에는 아니었죠. 그 차이일 뿐입니다.”
유빈은 솔직히 이야기했다. 이제는 굳이 숨길 필요가 없었다.
“으으음…….”
무거운 신음이 앙다물고 있는 입술 사이를 비집고 새어 나왔다.

전생을 꿰뚫고 있는 유빈의 비밀을 알지 못하는 최상렬로서는 젊은 사람답지 않은 그의 인내심이 그저 놀라울 뿐이었다.

“선덕여대 축제 때도 부사장님의 입김이 들어갔겠지만, 증거가 없어서 제출하지 못했군요.”

감정이 실리지 않은 유빈의 말투에 최상렬의 입술이 경련을 일으켰다.

‘무서운 놈…….’

완벽한 패배였다.

유빈은 자신이 짜 놓은 판을 완전히 뒤집어버렸다.

무거운 패배감이 최상렬의 어깨를 짓눌렀다.

예상은 했지만, 당사자에게 직접 이야기를 들으니 더욱 그랬다.

잠시 두 사람 사이에 침묵이 흘렀다.

버튼을 누르고 있는 최상렬의 팔이 어색해지려 할 때 그가 다시 말문을 열었다.

힘이 많이 빠진 목소리였다.

“자네의 목표가 제네스 글로벌 CEO라던데 맞나?”

최석원에게 들은 모양이었다.

“그렇습니다.”

"하, 진심으로 그게 가능하다고 생각하나?"

알 수 없는 반발심이 들었다. 그도 그럴 것이 10년 동안 공들였어도 한국 지사 사장조차 되지 못한 최상렬이었다.

유빈은 가만히 그의 이야기를 듣고만 있었다.

"이번에 본사 녀석들의 이야기를 들으면서 내가 헛꿈을 꿨다는 사실을 뼈저리게 느꼈지. 한국인 출신 사장? 하하. 그건 그저 꿈일 뿐이야. 유리 천장을 뚫을 수 있을 것 같아?"

그의 허망한 웃음이 엘리베이터 안을 울렸다.

"그 꿈을 위해서 10년 동안 노력하지 않았습니까? 실패하고 나니 그 꿈이 헛꿈으로 보이는 거겠죠. 전 실패하지 않을 겁니다."

"자네도 내가 욕심이 많아서 이 지경이 되었다고 생각하겠지."

"아니요. 위를 바라보는 게 왜 욕심입니까. 다만, 방법이 잘못되었을 뿐이죠."

"방법이 잘못되었다……."

"왜냐하면, 다른 사람의 꿈을 짓밟으면서 당신의 꿈을 이루려 했기 때문입니다."

"……자네는 실패하지 않을 거라고 했지. 어떻게 그렇게 확신할 수 있나?"

"제 혼자의 힘만으로는 여기까지 오지도 못했을 겁니다.

다른 사람들의 도움을 받았기 때문에 지금 부사장님과 이렇게 이야기할 수 있는 겁니다."

"……."

최상렬은 아직 이해가 안 된다는 표정이었다.

"사람들을 아우르고 동시에 그 사람들이 나를 도와주고 싶은 마음이 들게 만드는 힘. 저는 이 힘이 CEO의 가장 중요한 자질 중 하나라고 생각합니다. 제 주변에 좋은 사람들이 많아질수록 제가 높이 올라가는 데 도움을 줄 겁니다. 부사장님 주변에는 좋은 사람들이 있었나요?"

아니다. 쓰레기들만 있었다.

그리고 언제든지 분리수거할 생각으로 그 쓰레기들을 모은 사람은 바로 최상렬이었다.

"그래서 전 반드시 CEO가 될 겁니다. 라이벌을 끌어내리지 않아도 그들이 저를 원하게 할 겁니다. 저와 저를 도와주는 사람들의 힘을 합쳐 정정당당히 글로벌 CEO의 자리로 올라갈 겁니다."

최상렬은 더는 말을 하지 않았다.

아니, 할 말이 없었다.

자신의 능력이라면 다른 사람의 도움이 필요하지 않을 거로 생각했다.

혼자서도 충분히 사장이 될 수 있을 거로 생각했다.

10년간 그렇게 해왔고 동료 따위는 필요 없다고 생각했다.

하지만 유빈의 말이 맞았다.

유빈에게는 권위에 의해서가 아니라 진심으로 사람의 도움을 끌어내는 힘이 있었다.

엘리베이터 버튼을 누르고 있는 최상렬의 손가락에서 스르륵 힘이 빠졌다. 여기서 유빈의 이야기에 태클을 걸어 봤자 초라해질 뿐이었다.

그는 승자였고 자신은 패자였다.

그리고 유빈의 말이 허풍으로만 들리지 않았다.

엘리베이터 문이 닫히며 두 사람의 갈린 운명처럼 서로의 가는 방향이 멀어졌다.

태풍이 지나갔다.

상처, 아니, 흔적은 남았지만, 새 살이 돋는 것처럼 빈자리는 금방 채워졌다.

강한 바람이 제네스 코리아를 정화해 준 것처럼 그전보다 회사는 더욱 활기차게 돌아갔다.

여성건강사업부 마케팅팀도 그중 하나였다.

홍경은 차장 체제로 새롭게 출범한 팀은 좋은 분위기 속에서 업무에 매진하고 있었다.

"앗, 회장님!"

뜻밖의 인물이었지만 유빈은 전화를 반갑게 받았다.

셀아키텍트의 서우석 회장의 전화였다.

"가끔이라도 연락 좀 하게나. 듀레인 회장님과 만난 이후로 어떻게 한 번 연락이 없는가. 이제 조금 서운해지려 하네."

저번 만남에서 말을 놓은 서 회장이 진짜로 서운한 투로 이야기했다.

유빈은 속으로 웃으며 답했다.

"죄송합니다. 앞으로는 자주 연락드리겠습니다."

"음, 그래야지. 우리 사이가 보통 사이인가."

"코스닥 상장 건은 잘 진행되고 있나요?"

"아니, 이 친구. 주주라는 사람이 회사 돌아가는 일에 그렇게 관심이 없으면 어떡하나."

유빈은 듀레인 회장의 투자를 진행하면서 서우석 회장의 강권으로 셀아키텍트에 천만 원을 투자했다.

주주가 맞기는 맞았다.

"요즘 회사 일이 많다 보니 신경을 못 썼습니다. 회장님이 계시는데 제가 걱정할 일이 뭐가 있겠습니까."

"허허, 이 친구. 이번에 성공적으로 코스닥에 상장시켰네."

"아, 그런가요?"

"좋은 소식도 있지. 싱가폴의 테마섹과 JP 모건 사모펀드에서 투자를 받았네."

구체적인 금액은 말하지 않았지만 서 회장의 밝은 목소리에서 투자 금액이 상당하다는 것을 알 수 있었다.

앞으로 바이오시밀러를 개발하는 데 큰 도움이 될 게 분명했다.

역시 유빈의 예상대로였다.

듀레인 회장이 투자했다는 사실이 알려지면 전 세계에서 셀아키텍트를 가만히 두지 않을 건 자명했다.

하지만 그렇다 해도 셀아키텍트의 가능성을 누구보다 빨리 발견한 사람은 유빈이었다.

"그 덕분에 현재 주가가 상장가와 비교해 다섯 배가 올랐네."

"네? 정말인가요?"

"자네의 투자 금액도 다섯 배가 오른 거지. 허허."

거구에 어울리지 않게 서 회장이 장난스럽게 웃었다.

"계속 오를 거니까 행여나 팔 생각은 말게나."

"하하. 알겠습니다."

서 회장과의 전화를 끊은 유빈이 기분 좋게 웃었다.

셀아키텍트는 차근차근 성공을 위한 계단을 오르고 있

었다.

"나도 질 수 없지."

유빈이 발표할 자료를 꼼꼼히 챙겼다.

"한국과 일본을 마지막으로 아시아 지사 감사는 마무리되었습니다. 장기적으로 아시아 지사의 이익률이 개선될 거로 예상됩니다. 자세한 수치는 드린 자료에 나와 있습니다."

"음, 한국에서만 감원이 없군."

자료를 꼼꼼히 살피던 금발의 남자가 나지막하게 이야기했다. 보고하던 사람도 고개를 끄덕였다.

"보고서를 보니 임직원 몇 명만 문제로 삼았습니다. 마지막 감사라고 감상에 빠진 건 아니겠죠?"

"어지 데일은 나만큼이나 숫자를 신봉하는 사람이야. 그럴 리가 없지. 하지만 이상하기는 하군. 그 작은 나라 정부의 거지같은 정책 때문에 약가는 계속 떨어지는데 비용 절감할 부분이 없다니."

"어지 데일이 들어오면 다시 한 번 확인해 보겠습니다."

"그래. 그리고 그건 알아봤나?"

제네스 본사 27층 CEO 업무실에서 보고를 받던 마크 램버트가 지나가는 투로 물었다.

하지만 대답하는 사람은 감사 보고보다 조금 전 질문이 더 중요하다는 것을 알고 있었다.

"예, 작은 회사인데도 현재 전 세계에서 항체 바이오시밀러 그러니까 TNF-알파(tumor necrosis factor, 종양괴사인자) 억제제 개발은 가장 앞서 있습니다."

"셀아키텍트라, 셀아키텍트…… 노인네가 개인 돈을 투자할 정도라면 뭔가 있다는 뜻인데."

마크 램버트가 잠시 생각에 잠겼다.

다니엘 듀레인은 과거에도 그리고 지금도 그가 뛰어넘어야 할 상대였다.

다니엘 듀레인이 쌓은 과거의 전설은 마크 램버트도 감히 건드릴 수 없었다. 하지만 결과가 결정되지 않은 현재의 일이라면 그를 넘을 가능성이 있었다.

그렇게 되면 그는 누가 뭐라고 할 수 없는 진정한 제네스의 CEO가 될 수 있었다.

마크 램버트는 그래서 듀레인 회장의 움직임을 반겼다. 그가 과거에 머물지 않고 현재로 나왔기 때문에.

"좀 더 자세히 알아볼까요?"

"음, 앤 해밀턴에서부터 시작해 봐. 그녀가 왜 갑자기 바이오시밀러에 관심이 생겼는지."

"알겠습니다."

마크 램버트는 듀레인 회장의 손녀이자 미래 전략 연구소 팀장인 앤 해밀턴의 보고서를 곱씹었다.

작년까지만 해도 바이오시밀러에 대해서는 언급조차 하지 않던 그녀였다. 뭔가 계기가 있을 것 같았다.

여전히 바이오시밀러에 대한 그의 판단은 부정적이었다. 오리지널 제약사가 여러 가지 방법으로 특허를 연장만 할 수 있다면 판매가 늦어지는 바이오시밀러 개발 회사에는 치명적이었다.

만약 자신이 그 오리지널사의 수장이라면 당연한 조치였다.

'혹시 모르지, 그때가 되면 셀아키텍트를 헐값으로 인수할 수 있을지도. 후후.'

"에이티제이 인수 건은?"

"그쪽에서 여전히 우리 측 제안보다 높은 가격을 고수하고 있어 협상이 진행되지 않고 있습니다. 게다가 완전 고용 승계가 제1원칙이라 쉽지 않을 것 같습니다."

"욕심 많은 녀석. 그 정도 돈이면 평생 떵떵거리며 살 수 있을 텐데. 애브비 매출이 계속 증가하고 있으니 그럴 만도 하지. 다음 협상에는 셀아키텍트를 이용해 보지."

마크 램버트는 에이티제이의 창업자이자 현 CEO인 제리 클레멘트의 반응이 궁금했다. 과연 그는 바이오시밀러에 대해 어떻게 생각할까.

"네? 셀아키텍트를요?"

"네 입으로 말하지 않았나. TNF-알파 억제 치료제의 선두주자라고. 에이티제이의 매출 중 85%를 차지하고 있는 약품 역시 TNF-A 억제제인 애브비고. 뭔가 그림이 나오지 않나?"

"셀아키텍트의 바이오시밀러 개발이 성공하면 매출이 확연히 감소하겠군요. 무슨 말인지 알겠습니다. 협상단에 내용 전달하겠습니다."

"셀아키텍트에 관해 제대로 조사하고 동시에 노인네의 한국에서의 동선을 파악하고 누구를 만났는지, 누구와 함께 셀아키텍트로 이동했는지 알아봐. 분명히 중간에서 다리를 놓은 사람이 있을 거야."

"한국 지사 사장일까요?"

"……로렌스. 알아나 봐. 예측은 내가 할 테니까."

"아, 알겠습니다."

부하 직원의 추측에 마크 램버트의 표정이 삭막해졌다.

'한국이라. 우연치곤 너무 공교롭군. 분명히 키 역할을 한 인물이 있을 거야…….'

유빈은 싱가폴로 향하는 비행기 안에서 발표 자료를 다시 한 번 확인했다. 옆 좌석에 앉은 주서윤은 뭐가 그리도 좋은지 미소를 지우지 못했다.

"오빠, PPT를 도대체 몇 번째 보는 거예요."

"10번째?"

"오빠, 워커홀릭 아니에요?"

"중요한 컴피티션이라 완벽하게 준비해야 해."

"맞네요. 워커홀릭. 에휴, 그런데 PM님들한테 들으니까 한국에서 1등 한 적이 한 번도 없다는데요?"

주서윤이 유빈을 살짝 흘겨보더니 고개를 저었다.

열심히 일하는 남자를 어쩌겠는가. 도와주는 일 말고는 그녀가 할 수 있는 게 없었다.

"그래?"

"아무래도 발표다 보니 내용이 좋은 건 둘째치고 전달이 잘되어야 하잖아요. 영어권인 호주와 홍콩 마케팅팀이 번갈아 가며 1등을 차지했대요. 하긴 오빠는 영어 잘하니까 그건 걱정이 없네요."

"다른 건 뭐 없어?"

"음, 과장님, 아, 이제 차장님이지. 차장님한테 다시 물어볼게요.”

“고마워, 서윤아. 네가 있어서 의지가 된다.”

“정말요? 헤헤.”

“그런데 서윤아, 뭐가 그렇게 좋아? 아까부터 싱글벙글 하네.”

“네? 아, 그게 사무실로만 출근하지 않아도 행복해서요. 매일같이 사무실, 집, 사무실, 집의 반복이니까요.”

말은 그렇게 둘러댔지만 마치 신혼여행이라도 가는 듯한 기분이 그녀를 기분 좋게 만들고 있었다.

비행기에서 유빈의 옆자리에 앉은 것만 해도 들떠 있는 그녀였다.

마침 입국신고서와 세관신고서를 전해 주는 싱가포르 국적기의 스튜어디스가 지나갔다.

“부부신가요?”

세관신고서는 가족이면 한 명만 작성해도 되기 때문에 물은 것 같았다. 살갑게 이야기를 주고받는 두 사람이 스튜어디스 눈에는 부부로 보인 모양이었다.

“네?”

자신의 상상을 들킨 것 같은 기분 때문인지 그냥 아니라고 간단히 대답해도 되는 질문에 주서윤의 얼굴이 빨개졌다.

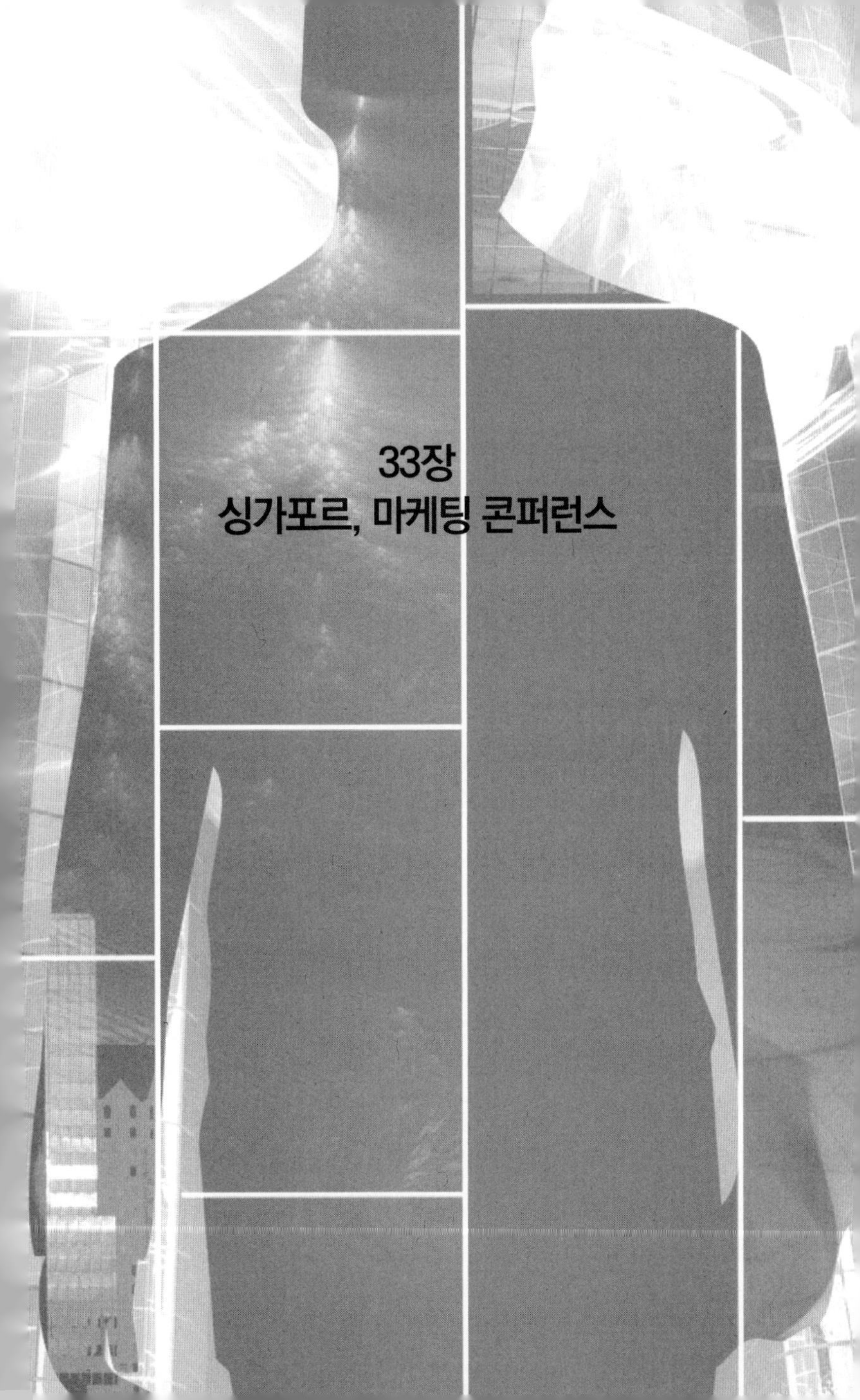

33장
싱가포르, 마케팅 콘퍼런스

세계 유수의 다국적 제약 회사들은 아시아 지역 본부를 모두 싱가포르에 두고 있었다. 제약 산업이 매우 발달해 있기 때문이다.

제네스 역시 아시아 태평양 지역 총괄 본부(아시아 리전)가 싱가포르에 자리를 잡고 있었다.

입국 수속을 마치고 창이 국제공항을 나오자 후끈하고 습한 공기가 먼저 일행을 맞이했다.

텁텁한 공기에 인상을 찌푸릴 만도 하건만 다들 밝은 표정이었다. 해외에서 열리는 회의에 참석하는 일은 제약회사에서 PM으로 일하면서 뿌듯한 기분이 드는 일 중의 하나였다.

뭔가 성공한 듯한 기분이랄까.

아니면 커리어가 쌓이는 듯한 기분이랄까.

입국신고서 방문의 목적(Purpose of Visit) 칸에 여행이 아닌 비즈니스라고 쓸 때의 기분은 써 보지 않은 사람은 알 수 없었다.

유빈 역시 묘한 기분이 들었다.

셸아키텍트에 투자한 테마섹(Temasek)이 바로 싱가포르의 옛 지명이었다.

어제저녁 출발하기 전에 확인했던 타로의 리딩처럼 좋은 일이 생길 것 같은 기분이 들었다.

타로에서 유빈은 새로운 인연을 통해 새로운 길을 모색한다는 리딩을 확인했다.

과연 어떤 만남과 사건이 기다리고 있을지 기대가 되었다.

"유빈 씨, 호텔에서 짐 풀고 맥주 한잔 하러 갈 건데 같이 갈래요?"

서인아가 감상에 빠진 유빈에게 다가왔다. 그녀가 곁눈질로 주서윤을 쳐다보며 신호를 줬다.

유빈도 그녀의 시선을 따라 주서윤을 쳐다봤다.

하늘하늘한 원피스를 입은 그녀는 은은한 조명 아래서 아름다운 자태를 뽐내고 있었다.

유빈이라고 왜 마음이 동하지 않을까.

저녁 비행기여서 싱가포르에 도착하자 아홉 시가 다 되어 있었다. 유빈이 점잖게 고개를 저었다.

“왜요? 컴피티션은 내일모레잖아요? 내일은 어차피 쓸데없는 마케팅 회의라 안 들어도 상관없어요.”

“회의 내용은 중요하지 않습니다. 하지만 아시아에서 온 마케터들을 만나는 일은 중요합니다. 컴피티션은 내일부터 시작입니다.”

유빈은 고마움이 담긴 눈인사를 보냈지만 단호하게 거절했다.

“하아, 알았어요. 기회는 또 있을 테니까 잘해 봐요.”

서인아가 아쉬워하며 한숨을 내뱉었다.

분명히 서로에게 마음이 있는 선남선녀가 겉도는 게 그녀로서는 아쉬운 일이었다.

“한국에서 온 김유빈입니다.”

다음 날 마케팅 콘퍼런스가 시작하기에 앞서 유빈이 다과 테이블을 돌아다니며 다양한 국적의 사람들에게 인사를 건넸다.

아침 일찍 시작할 줄 알았던 콘퍼런스는 오후 한 시부터 시작이었다.

"오, 반가워요. 정말 한국에서 왔나요?"

다양한 악센트의 영어로 답했지만 그들의 반응은 비슷했다.

"그럼요. 제네스 코리아에서 왔습니다. 왜 그러시나요?"

"한국 분들이 먼저 와서 인사를 하는 경우는 거의 못 봐서 물어봤어요. 영어도 유창하네요. 반가워요. 저는 제네스 홍콩의 제니 첸이에요."

아니나 다를까 유빈의 마케팅팀 동료들은 제네스 코리아 테이블에 본드라도 붙여 놨는지 움직일 생각도 하지 않고 있었다.

중국, 일본, 말레이시아, 홍콩, 태국, 호주 등등 이렇게 다양한 나라에서 온 사람들이 제네스라는 같은 회사에 소속되었다는 공통점을 가진 채 모여 있는 모습이 유빈은 그저 신기했다.

그리고 서로 다른 모습임에도 유빈은 자연스럽게 그들과 어울렸다. 유빈에게는 다른 나라 사람에 대한 편견이 전혀 없었다. 이전 생에서는 한국 사람이 아니었기 때문에 더욱 그랬다.

간단한 인사로 시작해서 서로의 담당 제품을 물어보고 의견을 나누는 일도 즐거웠다. 유빈은 어느새 새로운 친구를 여러 명 만들고 있었다.

하지만 조금 깊이 이야기가 들어가면 한국 시장에 대한 마케터들의 관심이 그다지 높지 않다는 것을 알 수 있었다. 전 세계 제약 시장에서 규모로만 봐도 20위권에도 들지 못하는 게 한국이었다.

그리고 글로벌 제약회사 하나 없다는 사실, 아니, 세계적인 블록버스터 약품을 단 한 개도 보유하지 못했다는 사실은 헬스케어 분야에서 한국이 뒤처지고 있다는 현실을 여실히 보여 줬다.

글로벌 CEO를 목표로 하는 유빈으로서는 다양한 사람들의 이야기를 듣는 일이 좋은 경험이 되고 있었다.

유빈이 이번에는 나이가 조금 있어 보이는 인도계 남자에게 다가갔다.

인도인 특유의 피부색과, 옆머리만 남은 훤히 까진 대머리와 짧은 콧수염이 인상적인 남자였다. 풍겨 나오는 이미지 자체가 매우 부드러웠다.

또한 금테 안경 때문인지는 몰라도 굉장히 똑똑해 보이는 사람이었다.

유빈이 인사를 하자 남자가 특유의 인도식 영어 발음으로 반갑게 제스처를 취했다.

"오, 제네스 코리아! 반갑습니다. 싱가포르에 온 걸 환영합니다."

대답으로 봐서는 아시아 헤드쿼터에서 일하는 사람인 모양이었다. 그런데 이 사람은 너무나 당연하게 자기소개를 하지 않았다.

유빈이 미소를 띤 채 바라보고 있자 남자가 물었다.

"어디 부서 소속이죠?"

"여성건강사업부입니다."

"오, WH(Woman's Healthcare)! 제네스 코리아 WH라면 작년에 훌륭한 성적을 냈죠. 올해 상반기도 아주 잘나가고 있고요. 기대가 큽니다. 기대가 커요."

'이 사람도 여성건강사업부 사람인가? 어떻게 한국의 실적을 잘 알고 있지?'

고개를 갸웃거리며 유빈이 슬쩍 남자의 오라를 살폈다.

'……대단한데.'

듀레인 회장이나 서우석 회장만큼은 아니었지만, 활력이 넘치는 기운이 그를 감싸고 있었다. 콘퍼런스장 안에 있는 사람 중에 남자의 오라보다 밝은 사람을 찾아보기 힘들었다.

"감사합니다. 열심히 하고 있습니다."

남자에 대한 궁금증이 커진 유빈이 조금 더 정중하게 답했다. 그러자 인도계 남자가 뜬금없이 물었다.

"아, 혹시 이번에 그 에리안 담당자도 함께 왔나요?"

"네? 에리안 담당자요?"

"그렇습니다. 루이자가 아주 보고 싶어 하던데."

루이자라면 루이자 우드?

그녀는 에리안을 한국에서 판매할 수 있도록 아시아 헤드쿼터에서 승인해 준 여성건강사업부의 마케팅 디렉터였다.

"정확하게는 PM은 아니지만 제가 에리안을 담당하고 있기는 합니다."

"아, 그렇습니까?"

순간 움찔한 남자가 의외라는 눈빛으로 유빈을 쳐다봤다.

피임약 담당자가 여자가 아닌 남자라는 사실이 신기한가?

유빈의 대답에 남자의 오라가 변화를 일으켰다. 단순한 호기심이 아닌 것 같았다.

더 이야기를 나누려 하는데 몇 명이 동시에 남자에게 다가왔다. 그들의 태도가 매우 정중했다.

"미스터 나라옌, 시간이 다 되었습니다."

"알겠습니다. 그리고 미스터 킴이라고 했죠? 나중에 또 이야기 나눕시다."

그가 애매한 눈빛으로 인사를 하고 유빈에게서 멀어졌다. 느낌상으로는 뭔가 하고 싶은 말이 있는 모양이었다.

유빈은 웃으며 고개를 끄덕였지만, 남자가 멀어지자 고개를 갸우뚱거렸다.

"나라옌? 라지브 나라옌?"

그러다가 떠오른 이름에 놀라지 않을 수 없었다.

그리고 왜 그가 자기소개를 안 했는지 알 수 있었다.

당연했다.

유빈이 지금 대화를 나눈 사람은 다름 아닌 아시아 태평양 리전의 CEO이자 사장인 라지브 나라옌이었다.

마케팅 전체 부서를 대상으로 한 아시아 본사의 환영사가 끝나고 부서별 콘퍼런스가 시작되었다.

유빈이 발표자에게 집중하며 필기까지 하자 옆에 앉아 있던 서인아가 관심을 보였다.

"아함, 유빈 씨. 뭘 그렇게 열심히 봐요?"

서인아가 입을 가리며 크게 하품을 했다.

보아하니 어제저녁 늦은 시간까지 달린 모양이었다.

"다른 나라의 매출 구성이랑 성장률은 어떻게 되는지 궁금해서요."

"네? 그게 왜요?"

그녀의 눈이 동그랗게 커졌다.

유빈은 그저 웃을 수밖에 없었다. 바라보는 곳이 다르니 설명해도 이해할 리 없었다.

"캠페인에 도움이 될 만한 아이디어라도 얻을 수 있을지도 모르고요."

"에이, 나라마다 사정이 다른데 무슨 도움이 되겠어요. 아시아 리전 마케팅 콘퍼런스는 그냥 연례행사일 뿐이에요. 서로 배우고 할 만한 게 없어요."

서인아의 말도 틀린 건 아니었다.

중국은 1자녀 정책이 폐지되면서 피임 시장 매출이 확연하게 감소하고 있었다. 반대로 인도는 여전한 산아제한 프로그램으로 전망이 밝았다.

하지만 서인아의 말이 맞는다면 이렇게 돈이 많이 드는 콘퍼런스가 왜 필요하단 말인가.

얼굴 잊어먹을까 봐 일 년에 한 번씩 호텔 값과 비행깃값을 대며 그 수많은 사람을 싱가포르에 불러 모으는 건 아니지 않은가.

그렇지만 서인아의 말처럼 첫날의 콘퍼런스는 발표자와 참가자 사이에 소통이 전혀 없는 채로 끝이 났다.

그런 와중에도 유빈은 남들과 다르게 몇 가지를 얻을 수 있었다.

"듀레인 회장님과 점심을 먹었다고?"

"마크 램버트 CEO가 유럽 출장으로 자리를 비운 사이에 오셨는데 식사할 사람이 없다고 해서요…….”

남자의 차가운 질문에 여자가 움츠러 들며 답했다.

“그럼 이 남자는 누구야?”

남자가 스마트폰을 들이밀었다. 여자가 자신의 SNS에 올린 사진이었다.

“아, 그 사람은 미스터 킴이요. 유빈 킴. 제네스 코리아 직원이에요.”

워낙 강렬한 인상을 받아서 시간이 꽤 흘렀는데도 그녀는 유빈의 이름을 기억하고 있었다.

“유빈 킴?”

“네, 유빈 킴이요.”

마크 램버트의 비서인 앨렌이 하이 퍼포머 위크 때 일어났던 일을 제법 상세하게 설명했다.

그녀에게 그날의 일은 두고두고 자랑할 무용담, 아니, 페어리 테일 같은 사건이었다.

“그러니까 제네스 코리아에서 온 유빈 킴이라는 직원이 마크 램버트 CEO를 만나기 위해 여기까지 올라왔다는 말이잖아. 그리고 엘렌과 함께 셋이서 점심을 먹었고.”

“바로 그 말이에요.”

마크 램버트의 비서인 엘렌이 반복되는 질문에 답답해하며 답했다.

상대는 마크 램버트의 대외 업무를 수행하는 COO(Chief Operating Officer, 최고운영책임자)인 톰 로렌스였다.

톰 로렌스는 한국에서 듀레인 회장의 동선을 백방으로 확인했지만 셀아키텍트와 그를 연결해 준 사람을 찾을 수 없었다. 그러던 와중에 마크 램버트의 비서인 앨렌의 SNS에서 우연히 사진을 보게 된 것이었다.

"그걸 왜 이제야 이야기하는 거지?"

"……별일 아니라고 생각했어요. 그리고 사진을 올리고 시간이 지났지만, 회사에서 물어보는 사람도 없었고요."

"미스터 체어맨과 관련된 일은 모두 보고하라고 했잖아!"

그녀의 변명에 톰이 목소리를 높였다.

"보고했어요. 미스터 체어맨이 램버트 씨의 사무실에 들른 날짜와 이유까지요. 단지 점심 먹은 일은 중요하지 않다고 생각했어요."

"이봐. 중요하고 안 하고는 내가 판단하는 거야. 앞으로는 미스터 체어맨이 오면 그가 무슨 넥타이를 맸는지, 건강은 어때 보이는지, 무슨 이야기를 했는지 하나도 빼먹지 말고 보고하도록 해!"

"……알겠습니다."

톰 로렌스는 엘렌에게 그날 점심때, 있었던 유빈과 듀레인 회장이 나눴던 이야기를 들었다.

그녀의 기반 지식이 대화 내용을 완벽하게 재연할 수 있을 만큼 뛰어나지는 않았지만 한 가지 확실한 단어만으로도 연결고리를 찾을 수 있었다.

바이오시밀러!

"제네스 코리아의 유빈 킴이라고?"

인사 기록을 찾아보니 고작 일 년 전에 제네스 코리아 영업팀으로 입사한 직원이었다.

기록을 확인한 톰이 고개를 갸웃거렸다.

이해가 되지 않았다.

입사한 지 일 년밖에 되지 않은, 그리고 이제 막 마케팅 업무를 시작한 아시아 변방의 작은 나라 직원의 말을 듣고 듀레인 회장이 움직였다는 게 믿기지 않았다.

엘렌이 거짓말을 하는 것도 아니었다.

톰은 이대로 마크 램버트 CEO에게 보고해야 할지 망설였다.

'조금 더 유빈 킴이라는 사람을 조사한 후에 보고해도 늦지 않아.'

다른 사람이었다면 유빈의 커리어만 보고도 용의 선상에서 제외했을 것이었다. 하지만 톰은 감이 좋은 사람이었다.

고민 끝에 결심한 그는 업무계획서에 해외출장을 등록했다. 목적지는 한국이었다.

확실히 어제와는 분위기가 달랐다.

마케팅 콘퍼런스의 둘째 날.

프레젠테이션 컴피티션이 열리는 날이었다.

큰 보상이 걸려 있어서일까? 여유 있어 보이던 각 나라의 마케터들은 노트북을 뚫어지라 쳐다보며 마지막까지 열심히 수정 작업을 했다.

이번에 경쟁하게 된 국가는 중국, 호주, 홍콩 그리고 한국이었다. 각 나라에서 미리 제출한 PPT를 아시아 본부에서 네 개로 추린 것이었다.

다시 말하면 일단 예선은 통과한 셈이었다.

사실 예전에도 한국팀은 잘 만들어진 세련된 PPT와 훌륭한 구성으로 매번 예선은 통과했었다.

문제는 발표와 발표가 끝난 다음에 이어지는 질의시간이었다. 발표야 외워서 하면 되지만 각국에서 온 마케터들의 질문에 제대로 답변을 못 하면서 순위권에 들지 못했다.

"유빈 씨, 이번에는 다른 나라 애들 코 좀 납작하게 해주세요."

어제까지만 해도 관심 없어 했던 박다혜가 유빈보다 더 투지를 불태웠다. 국가대항전이라면 사족을 못 쓰는 타입이었다.

주서윤을 비롯한 다른 팀원들도 함께 응원을 보냈다.

루이자 우드가 마이크를 들고 단상 위에 섰다.

'저 사람이 루이자 우드구나.'

유빈이 멀리서 본 그녀는 한국 사람이 보기에는 상당한 거구로 40대 중반 정도의 백인이었다.

이런 종류의 콘퍼런스를 진행하는 일이 익숙해 보이는 루이자 우드가 컴피티션의 평가 방법에 대해서 먼저 설명했다.

"서류는 아시아 헤드쿼터에서 심사했지만, 프레젠테이션 심사는 여기 있는 각 나라의 PM 분들께서 해줄 겁니다. 각 나라에는 투표권이 한 장씩 배부됩니다. 발표를 듣고 투표하고 싶은 나라 이름을 써서 제출해 주시면 됩니다. 물론, 투표에 앞서 질문도 자유롭게 해주십시오."

루이자 우드가 발표하는데 라지브 나라옌 CEO가 조용히 앞자리 테이블에 와서 앉았다. 여성건강사업부의 디렉터들은 그의 출현에 긴장하면서도 상기된 표정이었다.

발표 컴피티션은 여성건강사업부뿐만 아니라 모든 부서에서 동시에 진행되고 있었다.

전체 부서를 총괄하는 CEO가 어느 부서의 발표를 듣느냐가 그가 관심 있어 하는 부서를 방증하는 것이었다.

"발표순서는 작년 1등 팀인 중국 그리고 한국, 호주, 홍콩

순입니다. 그럼 중국팀 먼저 발표해 주세요."

제네스 차이나의 여성건강사업부 마케팅 헤드가 자신감이 넘치는 걸음으로 단상 앞으로 향했다.

그녀의 발표는 걸음만큼이나 자신감이 넘쳤다. 막힘 없는 영어 또한 플러스 요소였다.

일단 현재 매출과 성장 면에서 중국을 따라잡을 아시아 국가는 없었다.

"정부의 한 자녀 정책 폐기로 피임 시장이 위축될 거로 예상은 되지만 제네스 차이나에서는 다양한 마케팅 전략으로 극복하고 있습니다. 그 첫 번째 방법은 올해 상반기부터 진행하고 있는 국내 제약회사와의 콜라보레이션입니다."

그녀의 발표가 마무리되고 한두 개의 질문이 올라왔다. 질문이 적을 수밖에 없는 것이 제네스 차이나의 발표는 대부분 국내 상황을 반영한 전략이었다.

다른 국가에서 적용하기에는 무리한 측면이 많았다. 그렇다 보니 다른 사람들의 관심을 끌지는 못했다. 하지만 발표 자체는 훌륭하고 질문에 대한 답변도 깔끔해서 청중들의 큰 박수를 받았다.

마이크를 이어받은 루이자 우드가 다음 참가자를 호명했다.

한국팀의 차례였다. 유빈이 자리에서 일어나 앞으로 나

갔다.

수십 쌍의 눈동자가 유빈에게 향했다.

그중에는 귓속말을 나누고 있는 루이자 우드와 라지브 나라옌도 있었다. 라지브 나라옌이 뭐라고 이야기하자 유빈을 바라보는 루이자 우드의 눈빛이 더욱 강렬해졌다.

PPT 파일을 열고 포인터의 작동을 확인한 후, 단상 앞에 선 유빈이 청중을 한 번 둘러봤다.

2억의 추가 예산을 딸 기회였다.

하지만 그런 보상이 주는 긴장감과는 별개로 묘한 쾌감이 폐부에서부터 올라와 전신으로 퍼졌다.

이상한, 아니, 기묘한 어쩌면 비현실적인 광경이었다.

금발과 파란 눈의 백인부터 다양한 얼굴의 아시아 사람까지 터번을 쓴 남자도, 이마에 붉은 점이 있는 여자도 시선이 유빈에게 집중되었다.

한 능력 한다는 아시아 각국의 마케터들이 자신의 발표를 듣기 위해 눈을 빛내고 귀를 세우고 있었다.

생각해 보면 고작 1년 반 만의 일이었다.

국내 제약사에서 쫓겨나다시피 퇴출당하고 백수가 되었다. 알바를 하다가 스승님을 만나고 기연을 얻어 제네스에 입사한 지 1년 반.

그사이 유빈은 누구도 넘볼 수 없는 실적으로 베스트 MR

이 되었고 그것을 기반으로 마케팅의 프로젝트 매니저로 발령받았다.

대리급 직원임에도 제네스 코리아 제약사업부의 사장과 전무 그리고 사업부 본부장까지 유빈에게 무한한 신뢰를 보였다.

그 와중에 세계적인 거물이자 유빈이 몸담은 회사의 체어맨과 친분을 쌓았고 국내 바이오기업의 창업자인 서우석 회장과도 인연을 만들었다.

그리고 지금.

한국에서 벗어나 자신의 능력을 아시아 사람들에게 보일 기회가 찾아온 것이다.

떨리지 않을 수 없었다. 하지만 그 근원은 긴장이 아니라 기쁨이었다.

그리고 동시에 스승님과 지난 생에 감사하는 마음이 들었다. 유빈이 이 자리에 서 있을 수 있는 이유였다.

저기 제네스 코리아 테이블에서 유빈을 향해 웃고 있는 주서윤이 보였다. 유빈은 그녀의 미소에 화답하며 발표를 시작했다.

유빈으로부터 뿜어져 나온 맑은 오라가 콘퍼런스장을 순식간에 뒤덮었다.

슬라이드가 한 장씩 넘어갔다.

유빈은 산부인과와 지역사회를 연결하는 전략에 먼저 시간을 할애했다.

"피임과 폐경에 관한 대중의 인식을 높이는 동시에 약을 처방하는 닥터가 질병과 약품에 대해 조금 더 깊게 이해할 수 있는 계기가 될 겁니다."

중국팀에서 발표할 때와는 달리 유빈의 발표에 사람들이 점점 집중했다.

특정 나라에 국한되지 않은 내용이 흥미를 유발할 뿐더러 유빈의 발표 능력은 첫 번째 발표자와 비교가 되지 않을 정도로 자연스러웠다.

우선 중국팀의 어딘가 뽐내는 듯한 강한 악센트와는 달리 유빈은 편안한 영어로 사람들이 거슬리지 않고 집중할 수 있게 만들었다.

1년 반 동안 갈고닦아 온 발표 기술이 자연스럽게 문장과 문장을 이었고 단락과 단락을 연결했다. 손동작과 강조하는 부위에서 소리의 높낮이도 발표에 스며들었다.

건조하지 않도록 유머를 간간이 사용했고 텍스트보다는 사진을 많이 사용해 지루함을 덜었다.

모든 요소가 발표를 하나의 작품으로 승화시키고 있었다. 청중이 집중하는 것은 당연한 반응이었다.

"강화된 EBP(Ethical Behavior Practice 윤리 행동강령)로 MR이 의

료진에게 다가갈 방법이 줄어들고 있습니다. 지금 발표한 내용처럼 지역 사회에서의 강연을 같이 준비하면 의사와 MR 사이에 친밀도를 높일 수 있는 좋은 방편이 될 것 같습니다."

유빈이 장점을 강조하며 엔젤로, 젤레크, 피레논 각 제품과 연관 지을 수 있는 지역 사회 시설을 소개하고 첫 번째 주제를 마무리 지었다.

재즈 공연에서 한 악기의 화려한 애드리브가 끝난 순간처럼 박수가 나올 뻔했지만, 발표는 계속 이어졌다.

"다음은 올해 상반기, 제네스 코리아에서 진행한 OC(Oral Contraceptive, 경구피임약) 캠페인 프로젝트의 기획 중 일부입니다. 캠페인의 주요 목적은 한국의 피임약 복용률을 올리는 것입니다. 그리고 그 중간 결과가 바로 이것입니다."

화면에 지난 10년간의 복용률과 올해 상반기에 1.5%가 올라가 4.5%의 복용률을 나타내는 그래프가 표시되어 있었다. 지지부진한 평행선에서 드디어 머리를 올린 뱀 같은 형태였다.

누가 봐도 오랜 기다림 끝에 올해 변화가 시작되었다는 사실을 알 수 있었다.

유빈이 페이스를 바꿔 발표에서 청중들과 소통하는 분위기로 전환했다.

"다양한 나라의 사람들이 모인 만큼 우리가 일하는 환경과

규제가 다양한 건 어쩔 수 없는 일입니다. 일본에서는 식사할 때, 수프를 마시면서 후루룩 소리를 내도 전혀 상관없습니다. 하지만 미국에서는 무례하다고 여겨지죠. 인도인들은 음식을 반드시 오른손으로 먹어야 한다고 여기지만 다른 나라에서는 개의치 않습니다."

유빈의 발언에 끄덕여지는 고개가 여러 보였다.

라지브 나라옌 CEO는 흥미롭게 유빈의 발표를 지켜보았다.

"우리가 여기 이렇게 모인 것은 서로 잘한 것을 자랑하려는 이유가 아닙니다. 서로에게서 배울 것을 찾아 각자의 나라에서도 적용해 보기 위함입니다."

유빈이 다음 슬라이드로 넘어갔다.

"다음 두 개의 동영상은 한국 드라마에 피임약에 관한 메시지를 삽입한 PPL과 텔레비전 광고입니다. 보시죠."

동영상이 연달아 나왔다.

첫 번째는 '우리 집 막내' 드라마에서 화제가 되었던 피임약 오해 장면이었고 두 번째는 산부인과 의사회에서 발표했던 광고였다.

두 동영상 모두 밑으로 영어, 일본어, 중국어 자막이 흐르고 있어 내용을 모두 이해할 수 있게 해주었다.

"어떻습니까. 여러분들의 표정을 보니 영상의 내용에 동감한 것 같습니다. 맞나요?”

‘yes’가 여기저기서 들려왔다.

“네, 감사합니다. 영상의 내용은 나라별로 차이는 있겠지만, 특히 아시아 국가에서는 공통으로 느낄 수 있는 정서입니다.”

유빈이 청중을 다시 한 번 둘러봤다.

그들도 유빈이 하고자 하는 말을 이해하고 있었다. 공통으로 느낄 수 있는 정서라면 나라와 관계없이 전략도 통할 수 있다는 이야기를 하고 있었다.

“한류라는 말이 있죠. 한국의 예능과 음악, 드라마 등등이 아시아 각지와 심지어는 유럽, 남미에서도 인기를 얻고 있습니다. 제가 영상을 통해서 하고 싶은 말은 우리가 비록 서로 다른 상황에 부닥쳐 있지만, 다른 나라의 마케팅 전략을 활용할 수 있는 방법도 있다는 걸 강조하고 싶어서입니다. 방금 보여 드린 영상이 그 예입니다. 이상 발표를 마칩니다.”

유빈이 말을 마무리하자마자 기다렸다는 듯이 우레와 같은 박수가 쏟아졌다. 휘파람 소리도 들렸고 브라보도 나왔다.

라지브 나라옌 CEO는 특히 만족한 표정으로 손바닥을 머리까지 올려 박수를 치고 있었다.

그가 하고 싶은 말을 유빈이 대신해 주었기 때문이었다.

루이자 우드가 유빈 옆으로 와 섰다.

"훌륭한 발표였습니다. 그럼 질문 있으신가요?"

그녀의 건조한 진행에도 손이 위로 올라오지 않은 테이블을 찾기가 더 어려웠다.

루이자 우드가 제네스 타이랜드 테이블을 가리켰다.

"안녕하세요. 타이랜드에서 온 피레논 PM 키띠 띠따완입니다. 우선 한국의 미스터 김유빈 PM의 발표, 흥미롭게 들었습니다. 많은 도움이 되었습니다. 말씀하신 것처럼 타이랜드에서는 한국의 예능과 연예인이 인기가 많습니다. 그래서 제 질문은 조금 전에 보여 주신 영상을 타이랜드에서도 사용할 수 있는지 궁금합니다."

태국의 띠따완이 악센트가 강한 영어로 또박또박 질문했다. 다른 테이블에서도 공감하는 소리가 들렸다. 공통으로 궁금해하는 질문인 모양이었다.

유빈이 루이자 우드에게 넘겨줬던 마이크를 다시 받았다.

"물론입니다. 제가 영상을 보여 드린 이유는 사용하고 싶은 나라에서 요청하면 드리기 위해서입니다. 그것이 발표의 목적이기도 하고요. 드라마 영상은 드라마 제작국과 계약을 해서 판권을 샀습니다. 해외에서 사용해도 된다는 조항도 넣었고요. 그리고 광고는 제네스 코리아에서 제작한 것이라 어디서나 문제없이 사용할 권리가 있습니다. 걱정하지 않으셔도 됩니다."

시원한 답변에 다시 한 번 박수가 쏟아졌다.

유빈은 드라마 제작국으로부터 영상을 살 때 미리 해외 사용 조항을 넣었다. 제작국 입장에서도 거절할 이유가 없었다.

혹시 모르지 않는가.

영상이 화제가 되면 드라마가 해외 판매라도 될지.

다른 질문도 들어왔다.

"호주의 이사벨 존스턴입니다. 저도 발표 잘 들었습니다. 지역 사회와 의료진을 연결한다고 했는데 실제로 진행한 사례를 볼 수 있을까요?"

유빈이 고개를 끄덕이며 노트북에 저장된 폴더를 클릭했다.

사랑산부인과의 김이진 원장이 학교 축제에서 상담하는 사진부터 지역 문화교실에서 열린 폐경 강좌까지 다양한 사례를 보여 주며 유빈이 짧은 코멘트를 달았다.

그 이후에도 질문이 그치지 않았지만, 유빈은 하나하나 성실히 답했다.

"자, 그럼 발표해 준 한국팀의 김유빈 씨에게 다시 한 번 박수 부탁합니다."

유빈이 자리로 돌아가고 이어서 루이자 우드의 진행으로

호주팀과 홍콩팀의 발표가 이어졌다. 하지만 최고조에 이르렀던 열기는 더는 뜨거워지지 않았다. 누가 봐도 최고의 흥행은 한국팀의 발표였다.

발표가 끝나고 투표가 이어졌다.

모든 테이블에서 투표지를 제출하자 루이자 우드가 다른 직원과 함께 결과를 확인했다. 눈이 동그래진 그녀가 다시 한 번 확인했지만 바뀌는 건 없었다.

"투표 결과를 발표하겠습니다. 몇 년간 이 자리에서 컴피티션 결과를 발표했지만, 오늘 같은 적은 없었습니다. 놀랍군요. 만장일치로 1등은 한국입니다!"

마치 올림픽을 유치한 것처럼 한국 테이블에서 환성이 터져 나왔다. 테이블에 앉아 있는 청일점의 남자가 쑥스러운 표정으로 동료들의 축하를 받았다.

발표를 한 네 나라를 제외한 12개 국가 모두가 유빈에게 표를 던졌다.

몰표였다.

그야말로 압도적인 차이였지만 나머지 세 나라도 축하해주며 인정하는 분위기였다.

발표하는 기술은 물론이고 내용상으로 그리고 의미적으로도 유빈의 발표는 다른 팀이 따라올 수 없었다.

시상식이 끝나고 유빈은 목표로 하던 2억 원가량의 추가 예산을 확보할 수 있었다. 이로써 올해 말까지 텔레비전 광고를 계속 유지할 수 있게 된 유빈이 한숨을 돌렸다.

말과 그림의 박 과장에게 좋은 소식을 전해 줄 수 있게 되어 다행이었다.

"20분간 브레이크 타임을 갖고 다음 세션으로 넘어가겠습니다. 다음 세션은 신제품 포트폴리오와 타임 라인입니다."

루이자 우드의 말이 끝나자 유빈이 앉아 있는 곳으로 각국의 PM들이 몰려들었다. 악수를 청하는 사람, 명함을 내미는 사람, 그리고 발표 내용에 대해서 자세하게 물어보는 사람도 있었다.

순식간에 한국 테이블이 인기 장소로 변했다.

"참 대단한 사람이에요. 그렇죠? 차장님."

다과 테이블로 대피한 서인아가 차장이 된 홍경은에게 넌지시 물었다.

"맞아. 아쉬운 건 난 유빈 씨가 우리 여성건강사업부 마케팅팀에서 같이 오래 일했으면 좋겠는데 왠지 그건 그저 희망사항이 될 것 같아."

"차장님, 그게 무슨 뜻이에요?"

유빈이 1등을 해서 마냥 좋아하던 주서윤이 심란한 표정으로 다가왔다.

"봐봐. 유빈 씨는 어딜 가든 주목을 받잖아. 물론 다 그의 노력에서 오는 결과지만, 내 생각에는 더 높은 곳으로 가지 않을까 싶어."

"정말 그럴지도 모르겠어요. 저기 보세요. 루이자가 유빈에게 다가가네요."

"루이자뿐만이 아니에요. 라지브 나라옌 CEO도 같이예요."

"으아, 왠지 유빈 씨가 멀게 느껴지네요."

쓸쓸함이 섞인 박다혜의 말에 주서윤의 표정은 더욱 어두워졌다.

"아주 인상적인 발표였습니다."

라지브 나라옌이 웃으며 유빈에게 악수를 청했다. 유빈이 마주 손을 잡자 강한 악력이 느껴졌다.

처음 만났을 때부터 느꼈지만 나라옌 CEO는 잘 웃는 사람이었다. 입가에 미소가 늘 머물러 있었다.

"감사합니다."

"궁금한 게 있는데, 발표는 언제부터 준비한 건가요? 물론 서류는 싱가포르에 오기 전부터 준비했겠지만, 오늘 발표 내용은 여기 와서 뭔가를 본 후에 바꾼 건 아닌가요?"

역시 CEO답게 예리했다.

그의 말대로였다. 유빈은 PPT를 미리 준비했지만, 발표 내용을 어제저녁에 호텔에서 조금씩 바꿨다. 콘퍼런스에서 느낀 점을 섞어서 발표에 집어넣은 것이었다.

첫째 날 콘퍼런스에서 겪은 위화감을 다른 사람은 당연하게 여겼지만, 유빈은 그냥 넘기지 않았다.

"정확히 보셨습니다."

"역시 그렇군요. 하하. 발표는 두말할 것도 없고 저는 그런 면에서 김유빈 씨를 높게 평가하고 싶습니다."

"그런 면이라면……."

"대답하기 전에 솔직히 말할 게 있습니다."

"저한테요?"

"네, 사실 루이자와 저는 김유빈 씨를 매우 궁금해하고 있었습니다. 김유빈 씨가 싱가포르에 오기 전부터 말입니다."

"……."

유빈은 가만히 그의 다음 말을 기다렸다.

안 그래도 처음 인사를 나눴을 때, 자신을 쳐다보던 눈빛의 의미가 궁금하기는 했다.

"다니엘 듀레인 회장님."

"네?"

뜬금없는 회장님 타령에 유빈이 빤히 나라옌 CEO를 쳐다봤다.

"몇 달 전에 듀레인 회장님으로부터 전화를 받았습니다.

회의에서 몇 번 뵌 적은 있지만, 개인적으로 전화를 받기는 처음이었습니다.”

“아……!”

유빈은 그가 무슨 말을 할 건지 알 것 같았다.

“듀레인 회장님은 안부를 묻고 바로 제네스 코리아에서 OTC 피임약, 그러니까 에리안의 판매 신청을 하면 최대한 빨리 허가해 달라고 하셨죠. 잘 부탁한다는 그의 말에 정말 놀랐습니다.”

나라옌 CEO가 그날의 기억을 떠올리는 것처럼 허공을 쳐다봤다.

다른 누구도 아닌 다니엘 듀레인 회장이 아시아 리전, 그중에서도 한국의 여성건강사업부 편의를 봐주기 위해서 직접 전화를 했다?

직접 겪고도 믿지 못할 일이었다.

그로서는 당연히 에리안의 한국 담당자가 궁금해질 수밖에 없었다.

“곧바로 루이자에게 확인해 보니 이미 에리안의 허가 신청이 들어와 있더군요. 루이자에게도 듀레인 회장님에게 전화 온 사실을 이야기해 줬더니 역시 믿지 못했습니다. 아무튼, 행정상으로 몇 개월이 걸릴 일을 그 전화 한 통으로 한 달 만에 처리한 겁니다.”

“번거롭게 해 드려서 죄송합니다. 감사 때문에 급한 나머지 무리한 요청을 했습니다.”

유빈이 고개를 숙였다.

생각해 보면 아시아 본부에는 민폐일 수도 있는 일이었다. 동시에 아시아 본부의 효율성에 의심이 갔다.

몇 개월 걸릴 일을 한 달 만에 처리했다.

어쨌든 시간을 단축하는 게 가능하다는 이야기 아닌가.

“아닙니다. 그보다 물어보지 않을 수가 없군요. 미스터 킴은 듀레인 회장님과 어떤 관계입니까?”

옆에서 가만히 대화를 듣고 있던 루이자 우드도 궁금한 모양이었다. 전반적으로 그다지 표정이 안 좋았지만 지금 순간에는 유빈의 입에 집중하는 모습을 보였다.

유빈은 그녀의 오라를 슬쩍 살폈다.

나라옌과는 달리 그녀의 오라는 유빈에게 별다른 호감을 보이지 않고 있었다. 오히려 반감이 섞여 있었다.

그럴 만도 했다.

입장에 따라서는 듀레인 회장의 부탁이 상부의 압력으로 느껴질 수도 있었다. 그리고 실무자인 루이자 우드는 그렇게 받아들인 모양이었다.

그런데 그녀가 보이는 반감은 유빈에게만 해당하는 것은 아니었다. 라지브 나라옌 CEO와 대화할 때도 그녀의 오라는 유빈을 대할 때와 별 차이가 없었다.

걸으로 봐서는 절대 알 수 없을 정도로 그녀는 철저하게 가면을 쓰고 있었다.

이 이상 정중할 수 없는 태도였다.

회사에 다니는 이상 대부분 사회용 가면을 쓰고 있기는 했다. 하지만 루이자 우드처럼 겉과 속이 완전히 다른 가면을 쓴 사람은 신뢰할 수가 없었다.

한국에서는 최상렬과 최석원이 그랬다.

루이자 우드라는 이름을 머릿속에 저장시킨 유빈은 다시 시선을 나라엔 CEO에게 돌렸다.

듀레인 회장과의 관계라.

애매한 질문이었다.

회사의 체어맨과 한국 지사의 직원이 무슨 관계라니.

유빈도 난처한 듯 코를 긁었다.

이야기를 죽 들으면서 나라엔 CEO가 물어볼 거로 생각은 했다.

"음, 어떻게 말씀을 드려야 할지 모르겠군요. 듀레인 회장님이 이번에 한국에 방문하면서 제가 가이드를 잠깐 했습니다. 음, 출국하시기 전에 도와줄 게 없냐고 물어보셔서 에리안 문제를 말씀드린 겁니다."

생각을 정리한 유빈이 조심스럽게 답했다.

굳이 듀레인 회장과의 관계를 처음부터 끝까지 설명하고 싶지는 않았고 그럴 필요도 없었다.

"아, 그런 일이."

"네, 저도 그렇게 빨리 부탁을 들어주실 줄은 몰랐습니다."

라지브 나라옌이 알 듯 말 듯 고개를 끄덕였다.

그는 유빈이 듀레인 회장과의 관계를 소상히 밝히고 싶지 않다는 걸 알았다.

나라옌이 새삼스럽게 유빈을 다시 살폈다.

회사에 몸담은 사람이라면 어떻게든 높은 사람과, 그것도 회장이라면 더할 나위 없이, 친분을 과시하고 싶을 텐데 눈앞의 젊은이는 전혀 그럴 생각이 없어 보였다.

그리고 그가 아는 듀레인 회장은 공과 사를 확실히 구분하는 사람이었다. 아니, 그러고 보면 사(私)적인 면은 아예 본 적이 없었다.

궁금하기는 했지만, 이 이상 꼬치꼬치 캐묻는 일도 예의는 아니었다. 어차피 유빈의 발표를 들으면서 이미 그에 대한 오해는 풀려 있었다.

"사실은 루이자와 저는 미스터 킴이 숨겨진 임원 후보라고 예상했습니다."

유빈이 둘을 번갈아 쳐다봤다.

루이자 우드는 별다른 표정 없이 둘의 대화를 듣고만 있었다.

"임원 후보요?"

"일반 사원은 잘 모르겠지만, 본사에서는 임원 후보를 미리 정해 놓습니다. 그리고 세계 각지의 지사로 보내서 트레이닝을 시키죠."

들어 본 적이 없는 이야기에 유빈이 고개를 끄덕였다.

한국에도 BD팀에 존이라는 미국 본사에서 온 직원이 있었다. 직급은 대리급이지만 항상 보면 자신감이 넘치고 과할 때는 어딘가 콧대가 높은 느낌이었다.

이야기를 듣고 떠올리니 그의 행동이 이해가 되었다.

그가 본사 임원 후보라는 걸 알면 사람들의 반응은 어떨까. 특히, 송 차장이 기겁하는 상상을 하자 슬며시 웃음이 배어 나왔다.

항상 정시에 퇴근하는 존을 보며 가장 열심히 뒷말을 한 사람이 송 차장이었다.

"제 레쥬메를 보시면 아시겠지만, 저는 임원 후보가 아닙니다."

유빈이 송 차장에 대한 상상에서 비롯한 미소를 지우지 않고 가볍게 이야기했다.

"하하, 레쥬메를 보지 않아도 알 수 있었습니다. 발표하는 걸 보고 바로 알았죠."

"발표라면……."

"조금 전의 발표 말입니다."

"그 발표가 어땠기에 제가 임원 후보가 아니라는 사실을 아신 거죠?"

유빈은 진짜로 궁금해하며 물었다.

"제가 겪어 본 바로는 임원 후보들은 제네스에 대한 애사심 혹은 애정이 별로 없습니다. 주인 의식을 갖고 일하는 사람이 드물죠."

"반대 아닌가요? 임원 후보라면 회사 돌아가는 일에 관심이 많을 것 같은데요."

"그런 것 같죠? 전부라고는 말할 수 없지만, 대다수는 아닙니다. 그들은 회사보다는 자신의 커리어와 포지션에 관심이 많죠. 자신의 능력이라면 제네스가 아니더라도 다른 제약회사에서 충분히 좋을 자리를 차지할 수 있다고 생각합니다. 실제로 지금 본사 임원의 면면을 살펴보면 제네스에서만 계속 커리어를 쌓은 사람은 몇 명 되지 않습니다."

유빈은 라지브 나라옌과의 대화에 빠져들었다.

잘 몰랐던 임원의 세계에 대한 그의 이야기는 흥미로울 수밖에 없었다. 언젠가, 아니, 곧 유빈이 만나고 경쟁해야 할 사람들이었다.

"그럼 미스터 나라옌도?"

"운이 좋게도 저는 그 몇 명에 들어갑니다. 하하. 부서는 수없이 옮겨 다녔지만, 회사는 옮긴 적이 없습니다."

유빈의 질문에 그가 환한 웃음을 보였다.

회사를 한 번도 옮기지 않았다는 사실을 자랑스러워했다.

"그렇군요."

"미스터 킴. 제가 보기에 당신은 음, 비유하자면 누가 시키지도 않았는데 식당 주변의 담배꽁초를 줍고 아침에 남들보다 일찍 출근해서 바닥을 닦는 사람입니다."

식당? 담배꽁초?

유빈이 그저 눈을 깜박였다.

"당신에게는 회사에 대한 주인 의식이 있다는 말입니다. 저는 어렸을 때 식당에서 아르바이트를 했습니다. 다른 친구들은 돈을 받은 만큼만 일했지만 저는 누가 시키지도 않았는데 식당 주변을 치우고 바닥도 광나게 닦았죠."

유빈이 무슨 말인지 알겠다는 투로 고개를 끄덕였다.

"저는 저 자신을 그 식당의 사장이라고 생각하고 일했습니다. 하지만 다른 친구들은 그렇지 않았죠. 종업원의 마인드에서 벗어나지 못했기 때문에 영원히 종업원이 될 수밖에 없었습니다. 그 차이는 엄청난 것이죠. 후후. 실제로 얼마 후에 그 식당의 진짜 사장님이 저를 매니저로 승진시켰습니다."

"식당의 사장이 알아본 거군요."

"모를 수가 없습니다. 그만큼 마음의 차이는 티가 납니다. 제가 미스터 킴의 마음을 알아본 것처럼요."

"아……!"

"여기 콘프런스 장에 앉아 있는 수많은 직원 중에 미스터 킴처럼 생각한 사람이 몇이나 될까요? 설사 생각을 했다고 하더라도 해결할 방법을 떠올린 사람은 그중에서 몇이나 될까요? 다들 자기 일이 아니라고 생각하죠. 하하. 그건 CEO인 나의 일이라고 생각할 겁니다."

"저는 단지 큰 비용이 드는 콘퍼런스가 조금 더 생산적이었으면 하고 바랐을 뿐입니다. 이벤트성이나 외유성이 아닌 모임 말입니다."

아시아 리전 CEO에게 칭찬을 받았지만 들뜨지는 않았다. 유빈은 겸손하게 답하며 칭찬의 근원을 살폈다.

나라옌은 분명히 유빈에게 원하는 것이 있었다.

"제 말이 바로 그것입니다. 다른 발표자들이 자신의 전략을 자랑하고 강조할 때, 미스터 킴은 어떻게 하면 회사 전체에 도움이 될 수 있을까 하는 고민을 했고 그 고민을 바탕으로 발표했습니다. 그것은 CEO로서 저의 고민과 일맥상통하고 있습니다. 저는 감동을 할 수밖에 없었습니다."

"저를 너무 높이 띄워 주시니 어떻게 말해야 할지를 모르겠습니다. 하하."

"후후."

"저, 미스터 나라옌. 다음 세션을 시작해야 해서요."

불편한 표정으로 루이자 우드가 다급하게 끼어들었다. 그녀가 손목에 차고 있는 시계를 들어 보였다.

유빈과 나라옌 CEO의 대화가 그녀를 불편하게 만든 모양이었다. 어떤 부분이 그녀의 마음을 건드렸는지는 모르지만, 처음보다 표정이 안 좋아진 것은 확실했다.

"아, 그런가요? 어떻습니까. 미스터 킴. 저는 조금 더 이야기를 나누고 싶은데요."

루이자에게 고개를 끄덕인 나라옌 CEO가 유빈의 의향을 물었다.

"저도 그러고 싶지만, 신제품 포트폴리오에 관한 다음 세션도 꼭 듣고 싶은 내용이라서요."

거절하리라고는 생각하지 못한 나라옌이 움찔했지만 금방 예의 그 사람 좋은 미소를 보였다.

"그럼요. 들어야지요. 제가 너무 제 생각만 했군요. 그럼 오늘 콘퍼런스가 마무리되면 제 집무실에서 가볍게 차 한 잔 하죠."

나라옌은 유빈에게 뭔가 하고 싶은 말이 있는 눈치였다.

"이해해 주셔서 감사합니다. 그럼 이따가 찾아뵙겠습니다."

인사를 나누고 유빈이 제네스 코리아 테이블에 다시 앉았다.

"유빈 씨, 나라옌이 뭐래요?"

박다혜가 동네 친구 부르듯이 CEO의 이름을 호칭하며 유빈에게 다가왔다.

하긴 외국 사람인데 뭐 어떤가.

나라옌 씨, 나라옌 CEO, 나라옌 사장님 모두 어딘가 어색했다.

"별 이야기 아니었습니다."

"에이, 아닌 것 같은데요. 멀리서 보니까 브레이크 타임 내내 둘이서 계속 이야기를 주고받던데. 혹시…… 아시아 본부로 스카우트 제안이라도 받은 거 아니에요?"

옆에서 다른 마케팅팀원들이 귀를 쫑긋 세우고 유빈의 대답을 기다렸다.

박다혜의 거침없는 솔직한 성격이 때로는 난처한 상황을 연출했지만 지금 같은 상황에서는 이보다 더 시원할 수 없었다.

유빈이 그녀를 빤히 쳐다봤다.

아시아 본부로의 스카우트라. 유빈도 생각해 보지 않은 바는 아니었다.

만약 발령이 난다면 아시아 리전과 뉴욕 미래 전략 연구소

중 하나를 선택해야 했다. OC 캠페인 프로젝트를 성공적으로 마치면 뉴욕에 있는 앤도 유빈을 전략연구소 팀원으로 추천한다고 했다.

하지만 프로젝트는 마무리되지 않았고 나라옌 CEO도 의향을 밝히지 않은 상태였다. 김칫국을 마시기에는 아직 일렀다.

"아닌데요. 조금 전 발표에 관해 이야기를 나눴습니다."

"아, 그래요? 넌지시 발령 낼 수도 있다는 식의 이야기는 안 한 거예요?"

"전혀 아닙니다."

유빈이 박다혜뿐만 아니라 다른 사람들도 쳐다보며 말했다.

"만약 다른 곳으로 가게 된다면 여러분한테 가장 먼저 말씀드리겠습니다."

유빈의 깔끔한 대답에 다들 고개를 끄덕였다.

"다혜 씨, 세션 시작했어요."

홍경은 차장이 만족할 만한 답변을 들을 때까지 질문할 것처럼 유빈 앞에 서 있는 박다혜를 잡아끌었다.

홍 차장 덕분에 상황이 정리되었지만, 주서윤은 심란한 표정을 유지했다. 아까부터 유빈과의 눈 맞춤을 애써 피하는 모습이 계속 신경 쓰였다.

세션이 시작되고 유빈은 종이에 뭔가를 써서 그런 주서윤에게 슬쩍 넘겼다.

쪽지의 내용을 확인한 그녀의 눈썹이 활처럼 휘었다.

흘깃 유빈을 쳐다본 그녀가 살짝 고개를 끄덕였다. 유빈도 애정 어린 눈빛으로 그녀에게 화답했다.

주서윤이 미소 지으며 종이에 쓰여 있는 메모를 다시 읽었다.

'저녁 먹지 마. 이따가 같이 먹자.'

모든 세션이 끝나고 유빈은 나라옌 CEO의 집무실에서 다시 그를 마주했다.

차를 두 모금 정도 마실 때까지 둘은 별다른 말이 없었다. 나라옌 CEO는 행복한 표정으로 차를 음미하고는 상 위에 찻잔을 올려놨다.

"단도직입적으로 말하죠. 전 미스터 킴 같은 사람과 아시아 본부에서 같이 일하고 싶습니다."

박다혜가 본의 아니게 예지를 한 셈이 되었다.

유빈이 잠시 생각하더니 입을 열었다.

"어떤 포지션을 생각하고 계신가요?"

거절할 이유는 없었다.

앤 해밀턴과의 대화를 통해 미래전략 연구소에서 근무하

는 것이 본사로 향하는 지름길이 아니라는 사실을 알았다. 단지 미국에서 일하는 것이 꿈이라면 연구소로 가도 되지만 유빈의 궁극적인 목적은 본사 CEO였다.

한국에서 피임약 복용률을 높이는 캠페인을 성공하고 아시아 리전에서 마케팅으로 또 다른 업적을 쌓는 것이 오히려 더 빠른 길이 될 수 있었다.

"제가 생각하고 있는 포지션은 리전 BD(Business Development) 매니저입니다."

"BD 매니저요?"

기껏해야 한 제품의 리전 마케팅 디렉터를 생각하던 유빈은 나라옌 CEO를 똑바로 바라봤다.

BD 매니저는 해외에서는 일반화된 직책으로 보통 다양한 분야에 경험이 많은 사람이 맡았다.

그럴 수밖에 없는 것이 BD는 이미 존재하고 있는 조직을 변화시켜야 했다. 그리고 외부의 다른 써드 파티 업체와의 전략적 관계 또는 제휴를 통해 새로운 사업 기회를 모색하는 부서였다.

변화를 추구하는 부서이기 때문에 조직 사이의 잡음을 최소화할 수 있도록 조율하는 능력이 기본적으로 필요했다. 동시에 새롭게 수익을 창출할 수 있는 부분을 포착할 수 있는 통찰력이 필요했다.

그런데 지금 그런 자리에 유빈을 생각하고 있다고 아시아 리전 CEO가 말한 것이다.

"왜 그 자리인지 묻기 전에 왜 저에게 제안했는지 묻지 않을 수 없군요."

"미스터 킴이 적임자이기 때문입니다."

"조금 더 자세히 설명해 주십시오."

"최근 본사 회의에 참석해 보면 달라진 분위기를 느낄 수 있습니다. 마크 램버트 CEO가 본격적으로 자기 색깔을 드러내려고 하고 있죠. 저는 그것을 아시아 리전의 위기로 봤습니다."

"……그렇군요."

유빈은 나라옌의 설명을 들으며 그가 마크 램버트의 경영 방침을 별로 좋아하지 않는다는 사실을 알 수 있었다. 그리고 마크 램버트가 아시아 리전에 별 애정이 없다는 것도 알 수 있었다.

"사실 아시아 리전의 BD팀은 현재 조직명만 있는 유명무실한 팀입니다. 현재까지 구성원은 매니저 한 명으로 팀원도 전혀 없는 상태입니다."

"매니저가 있군요."

"그 직원은 미스터 킴이 제안을 받아들이면 바로 다른 부서로 배치할 겁니다."

유빈은 조용하게 나라옌 CEO의 이야기를 들었다.

유명무실한 팀의 매니저라.

이렇게 약점을 먼저 까발릴 때는 이미 대책을 마련한 경우가 대부분이었다.

"후후, 침착하군요. 저는 BD팀에 힘을 실어줄 계획을 하고 있습니다. 빠르면 하반기부터, 늦어도 내년부터는 팀원도 늘리고 실제로 업무를 진행할 계획입니다."

"잘 알겠습니다. 하지만 아직 제 질문에 대한 대답은 듣지 못한 것 같습니다."

"하하. 그렇게 냉정하게 듣지 않아도 됩니다. 미스터 킴에게는 선택권이 있습니다. 제 이야기를 들어보고 영 아니다 싶으면 거절해도 됩니다."

유빈이 보기에 저 사람 좋은 미소와 상대방을 존중하는 태도는 나라옌 CEO의 큰 장점이었다. 저 정도 위치에서 갖추기 힘든 덕목이었다.

유빈도 그의 말을 듣고 눈에 들어가 있던 힘을 풀었다. 맞는 말이었다.

마케팅 PM 자리를 예상하다가 다른 자리를 권유받으니 긴장이 되었던 건 사실이었다.

"변화입니다. 제가 원하는 건 변화에요. 미스터 킴은 한국에서 10년 동안 변하지 않았던 것을 변화시켰습니다. 단순히 수치라고 말하지 않겠습니다. 그 1.5%를 올리기 위해서는 많은 것을 변화시켜야 했을 겁니다. 그걸 당신은 6개월 만에 해낸 겁니다."

유빈이 겸손하게 고개를 끄덕였다.

"변화라면 아시아 본부의 변화 말씀입니까?"

"그렇습니다. 그래요. 언젠가부터 아시아 본부는 아시아 각국의 관리자 역할밖에 못 하고 있습니다. 그게 본부의 일이라면 할 말은 없지만 저는 그렇게 생각하지 않습니다."

유빈은 이야기를 들으면서 그가 자신을 선택한 이유를 점점 알 수 있었다. 그가 원하는 부분을 유빈이 지난 이틀 동안 그리고 지난 6개월 동안 보여 줬다.

변화를 끌어내는 힘. 그리고 회사의 변화를 진정으로 원하는 사람.

"게다가 미스터 킴은 능력이 있으면서도 충분히 겸손했습니다."

"아닙니다. 미스터 나라옌이 과하게 좋게 봐 주시는 것 같습니다."

"하하, 사실은 콘퍼런스가 끝나고 이야기를 나눌 때 제가 조금 오버해서 미스터 킴을 띄우기는 했습니다. 당신의 반응을 보고 싶었기 때문입니다."

"그럼……."

"시험이라고 하면 기분 나쁘겠지만, 저는 이런 식으로 사람을 파악하는 편입니다. 미스터 킴은 제가 아무리 칭찬해도 그다지 흥분하거나 우쭐해하지 않더군요. 그렇다고 침착하려고 애쓰지도 않았습니다. 할 말은 하고 저를 그다지 어려워하지도 않았습니다."

"……그랬군요."

"기분 나쁘다면 미안합니다. 조금 과하게 말했을 뿐이지 내용은 전부 진심이었습니다. BD팀의 매니저에게 필요로 하는 통찰력, 주인 의식에, 권위에 약하지도 않으면서 겸손함까지 갖췄으니 제가 제안을 안 할 수가 없었습니다. 이 일은 다른 사람의 눈치를 보면 할 수 없는 일입니다."

유빈은 잠시 생각에 잠겼다.

BD팀 매니저라.

어떻게 보면 지금까지 쌓아 온 경험을 잘 풀어낼 수 있는 자리이기는 했다. 하나의 제품을 성공적으로 성장하게 만드는 일도 보람이 있지만 새로운 영역을 구축하는 일은 성공만 하면 그 성취감은 비교할 수 없이 컸다.

"팀원은 어떻게 뽑는 겁니까?"

"매니저가 정해지면 그와 상의해서 뽑을 생각입니다."

"……좋습니다. 미스터 나라옌의 제안을 받아들이겠습니다. 하지만 조건이 있습니다."

"무슨 조건입니까?"

"팀원을 뽑을 때는 제 의견을 최우선으로 해주십시오."

"음, 으음."

나라옌 CEO가 바로 답을 하지 않았다.

자리에 어울리는 적합한 사람을 찾는 일은 그가 가장 자신 있어 하는 일이었다.

유빈을 BD팀 매니저로 찍은 것도 그의 직관에서 비롯된 선택이었다.

"사람을 잘 볼 줄 압니까?"

"그렇다기보다는 저와 맞는 사람들과 일하고 싶어서 그럽니다."

"그럼 이렇게 하죠. 미스터 킴이 오늘 하루 동안 저와 대화하면서 얼마만큼 저를 파악했는지 말해 주십시오. 대답이 만족스럽다면 두말없이 미스터 킴의 조건을 받아들이겠습니다. 하지만 아니라면 인사는 상의하에 결정하는 거로 하죠. 어떻습니까?"

나라옌이 흥미로운 표정으로 유빈의 대답을 기다렸다.

유빈이 어떻게 답할지 궁금한 모양이었다.

"그 제안 받아들이겠습니다."

유빈은 물러나지 않았다. 두 사람 사이에 불꽃이 튀었다.

"좋습니다. 좋아요. 무엇이든 좋습니다. 저에 관해 이야기해 주십시오."

나라옌은 지금 상황이 그저 즐거운 모양이었다.

그의 얼굴에 배어 있는 미소가 더욱 짙어졌다.

"지금부터 말씀드리는 건 제 개인적인 판단입니다. 혹시 기분 나쁘시더라도 오해하지 말아 주셨으면 합니다."

"그럼요. 저는 오히려 저의 단점에 대해서 사정없이 까발려 줬으면 좋겠군요. 하하."

잠시 머릿속을 정리한 유빈이 차분히 이야기를 풀어 갔다.

"미스터 나라옌은 카리스마보다는 배려를 중시하는 CEO인 것 같습니다."

"왜 그런가요?"

"보통 콘퍼런스는 늦어도 오전 아홉 시에 시작합니다. 그런데 이번에는 한 시에 시작했죠. 그건 미스터 나라옌의 배려라고 생각했습니다. 대부분의 직원이 저녁 비행기를 타고 어제 들어온 것을 알고 여유를 가질 수 있게 배려해 준 겁니다."

"음, 제 입으로 말하기 간지럽지만, 도저히 아니라고 말할 수 없군요. 제가 시작 시각을 정한 게 맞습니다."

라지브 나라옌은 유빈의 처음 분석에서부터 놀라움을 숨기지 못했다. 시작 시각이라는 것으로부터 자신의 성향을 유추해 낼 거라고는 상상도 못 한 그였다.

"훌륭합니다. 그리고요?"

"미스터 나라옌이 아시아 리전 CEO로 발령 난 지 이제 일 년이 되신 거죠?"

"맞습니다."

"제가 보기에 미스터 나라옌은 급격한 변화 그러니까 변화를 위한 변화보다는 점진적인 변화를 선호하는 것 같습니다."

"그건 어째서죠?"

"일 년 전과 현재의 본사 스태프에게 변화가 없기 때문입니다."

"그걸 어떻게……."

"제가 확인한 메일에는 본사 스태프가 변경되었다는 메일을 본 적이 없습니다."

"메일 내용을 다 확인해 본다는 말입니까?"

"저는 그런 편입니다."

"으음……."

나라옌 CEO가 점점 말보다는 신음으로 대답했다.

"그런데 변화가 생각대로 잘 안 돼서 고민이 많은 것 같습니다."

조금 민감한 내용일 수도 있지만, 유빈은 가감하지 않고 말했다. 이미 양해는 구해 놨기 때문이었다.

이제는 대답도 없이 그는 계속하라는 제스처를 취했다.

"루이자 우드의 태도를 보고 예상할 수 있었습니다. 그녀는 아직 미스터 나라옌에게 마음을 열지 않았더군요. 그건 미스터 나라옌이 추구하는 변화를 마음에 들어 하지 않는다는 방증으로 생각합니다."

"뭘 보고 그녀가 마음을 열지 않았다고 생각했나요?"

"표정입니다. 억지로 웃더군요. 저를 과하게 칭찬하는 것도 마음에 들어 하지 않고요. 미스터 나라옌도 그 사실을 알고 있었습니다. 저와 대화를 하는 내내 '나와 루이자'라는 말을 자주 하시더군요. 일부러라도 동질감을 만들어 내려는 것 같았습니다."

"……소름이 끼치는군요. 마치 셜록 홈즈와 대화하는 느낌입니다."

"하하, 그 정도는 아닙니다. 저도 말하고는 있지만 잘 맞는지는 모르겠습니다. 추측일 뿐입니다."

"발가벗겨진 것 같아 부끄럽습니다. 미스터 킴의 말은 하나도 틀린 게 없습니다. 대단하군요."

라지브 나라옌이 감탄한 표정으로 유빈을 바라봤다.

능력 있는 젊은이라고 생각은 했다.

하지만 이런 통찰력이라니.

유빈의 나이로 봐서는 상상할 수 없는 능력이었다.

"계속할까요?"

"물론입니다. 더 들어보고 싶군요."

"BD팀에 관한 생각은 최근에 결정한 거로 예상됩니다."

"그건 왜죠?"

"점진적인 변화를 추구하는 미스터 나라옌이 BD팀을 만들면서 과격한 변화를 선택했기 때문입니다. 그리고 그 이유는 아마도 어지 데일의 감사 때문이겠죠."

"허흡!"

나라옌은 놀란 나머지 헛바람을 들이켰다.

"미스터 나라옌은 마음이 따뜻한 분입니다. 아시아 리전에 속한 국가에서 직원들이 해고되는 것에 마음이 편하지 않았을 겁니다. 그래서 다시는 이런 일이 일어나지 않도록 자신의 스타일에 맞지 않는 과격한 변화를 선택한 겁니다."

나라옌은 지긋이 유빈을 바라봤다.

자신의 마음을 이렇게까지 알아주는 사람은 처음이었다. 신기할 정도였다.

"미스터 나라옌은 아마도 서양에서 영미식 교육을 받았을 겁니다. 그래서 생각하는 바는 서양식이지만 결정적인 선택을 할 때는 행동 기준을 인도식으로 두고 있다는 것 또한 알 수 있었습니다. '겸손'은 동양의 미덕이죠. 서양의 리더는 겸손한 사람을 좋아하지 않습니다."

"……제가 졌습니다. 하하. 이거 웃음밖에 나오지 않는군요."

유빈의 이야기를 심각하게 경청하던 그의 표정이 조금씩 풀어졌다.

더 들을 필요도 없었다.

어차피 처음 문장에서 이미 그는 넘어간 상태였다.

라지브 나라옌이 고개를 끄덕였다.

"BD팀의 인사는 전적으로 미스터 킴에게 맡기겠습니다. 이건 약속입니다."

"기분이 나쁘셨다면 죄송합니다."

유빈도 긴장을 살짝 풀었다.

"아닙니다. 전혀요. 전혀 아닙니다. 그보다는 제가 미스터 킴을 과소평가했다는 생각을 했습니다. 조금 전에 과하게 띄워 줬다는 말도 취소하겠습니다."

"아닙니다. 저는 오히려 미스터 나라옌이 더 대단하다고 말하고 싶습니다. 그래도 저는 부하 직원인데 이렇게 정중한 태도로 마치 같은 위치에 있는 사람처럼 대해 주는 모습은 배우고 싶을 정도입니다."

유빈의 솔직한 평가였다.

어쩌면 이 차이가 해외 기업과 한국 기업 문화의 결정적인 차이일지도 몰랐다.

아무리 말단 사원이라도 좋은 의견이 있으면 무시하지 않는 문화. 그리고 의견에 대해 충분한 보상을 해주는 문화.

그것이 기업 문화가 경직되지 않는 비결이었다.

"그래도 마지막에는 칭찬을 들어서 다행이군요. 하하. 미스터 킴. 저는 당장에라도 발령을 내고 싶지만 그건 힘들겠죠?"

"네, 지금 맡은 OC 프로젝트는 마무리하고 싶습니다. 그리고 그때까지 발령은 비밀로 했으면 좋겠습니다."

"좋아요. 좋습니다. 발령은 내년 1월 2일로 하죠. 기다리고 있겠습니다."

"좋은 기회를 주셔서 감사합니다."

마지막까지 나라옌 CEO의 배려를 받으며 유빈이 그의 집무실을 나섰다.

또 다른 기회의 문이 열린 참이었다.

'앤이 실망하겠군.'

나라옌 CEO의 제안을 받아들였으니 미래전략연구소는 날아간 셈이었다.

그래도 어쩔 수 없는 일이었다.

BD팀 매니저는 유빈에게 흥미로운 도전이었다. 미래전략연구소의 연구원보다 커리어에도 큰 도움이 될 게 분명했다.

유빈이 업무실에서 내려와 건물 로비로 다가가자 커다란 원형 기둥 앞에 서 있는 여자가 보였다.

유빈의 입가에 저절로 미소가 그려졌다.

"서윤아, 많이 기다렸지?"

가는 날이 장날이라더니.

하필이면 유빈이 마케팅 컨퍼런스에 참석하기 위해 싱가포르로 출국한 다음 날 한국에 도착한 톰 로렌스가 미간을 찌푸렸다.

14시간 동안 비행기를 타고 지구 반대편으로 온 이유는 한 가지였다. 유빈을 만나 보기 위해서였다.

다니엘 듀레인 회장에게 확인할 수 있는 일이 아니었다. 사실을 확인하는 가장 좋은 방법은 조금 더 만만한 나머지 당사자를 만나는 것이었다.

그런데 그 당사자가 회사에 없었다.

카일라 첼시 사장은 인상을 찌푸리고 있는 톰 로렌스의 맞은편에 가만히 앉아 있었다.

뜬금없이 나타난 본사의 COO(Chief Operating Officer, 최고운영책임자)가 미스터 킴을 찾고 있었다.

도대체 무슨 일일까?

COO는 본사의 부사장급이었다. 중역 중의 중역으로 첼시의 페이 그레이드보다 한참 위에 있는 사람이었다.

그 정도의 사람이 유빈을 찾고 있는 것이었다.

유빈을 아끼는 그녀로서는 궁금할 수밖에 없었다.

"미즈 첼시, 미스터 킴은 언제 돌아오나요?"

"4박 5일의 일정입니다. 이번 주 금요일에 한국에 들어올 예정입니다."

"하아, 그런가요. 젠장."

제대로 알아보지 못하고 무작정 찾아온 자신의 탓이었다.

"아, 미안합니다."

욕한 것에 대해 사과하며 그가 말을 이었다.

"미즈 첼시, 혹시 셀아키텍트라는 회사와 친분이 있나요?"

"셀아키텍트요?"

"모릅니까?"

"아니요. 알긴 압니다. 얼마 전에 한국의 미디어에서 다룬 적이 있어서 알게 되었습니다. 바이오 쪽의 회사라고만 알고 있습니다. 그리고 듀레인 회장님이 개인적으로 투자했다는 사실도요."

확인차 물어본 톰 로렌스가 말하는 그녀의 표정 하나하나를 유심히 살폈다.

거짓은 아니었다.

듀레인 회장과 셀아키텍트를 연결해 준 사람은 그녀가 아니라는 뜻이었다.

톰 로렌스는 한국에 오기 전에 미래전략 연구소의 앤 해밀턴을 찾아갔었다. 하지만 그녀에게 들을 수 있는 이야기는 없었다. 태도가 뭔가를 숨기는 것 같기는 했지만, 더 파고들 수는 없었다. 톰 로렌스 역시 그녀가 누구의 손녀라는 것을 알고 있었다.

어지 데일 또한 마찬가지였다.

그는 단지 보이는 숫자로만 감사 보고서를 썼다고 했다. 톰 로렌스는 길게 묻지 않았다. 짧은 대화를 나눴을 뿐인데도 어지 데일의 발음은 알아듣기가 거의 불가능했다.

마크 램버트는 듀레인 회장의 일거수일투족을 확인하는 임무를 가장 신뢰하는 부하 직원인 톰 로렌스에게 맡겼다.

마크 램버트는 CEO가 되고 난 직후부터 모든 행동이 전임 CEO인 듀레인 회장과 비교되었다.

그의 그늘에서 벗어나기 위해 비용 절감을 통해 순이익률을 올리고 배당정책을 강화했지만, 그것만으로는 부족했다. 사람들은 여전히 다니엘 듀레인의 영광의 시대를 기억했다.

마크 램버트가 지금 추진하고 있는 일을 통과시키려면 이사회의 과반수 표가 필요했다. 그러기 위해서는 자신의 영향력은 높이고 듀레인 회장에 대한 향수는 줄여야 했다.

어지 데일의 감사 또한 추진하고 있는 그 일의 사전 작업이나 다름없었다.

그런데 최근 조용했던 듀레인 회장이 언젠가부터 칩거를 접은 듯한 활동을 보이고 있었다.

COO로서 그의 역할 중 가장 중요한 일 중 하나는 마크 램버트가 다니엘 듀레인에게 신경 쓰는 일을 최대한 줄여 주는 것이었다.

그렇기 때문에 작은 움직임이라도 듀레인 회장의 행보는 중요했다.

COO인 그가 한국이라는 나라에까지 망설임 없이 날아온 이유였다.

"그는 어떤 사람입니까?"

"미스터 킴 말입니까? 음, 그는 뛰어난 직원입니다."

첼시가 한 치의 망설임도 없이 답했다.

"뛰어난 직원이요?"

"뭐라고 할까요. 무슨 일을 맡겨도 기대하는 성과를 낼 수 있는 직원이랄까요. 중대한 일이 생기면 믿고 맡길 수 있는 사람입니다."

톰 로렌스가 미미하게 고개를 끄덕였다.

일개 직원에 대한 그녀의 믿음이 확고해 보였다.

"미스터 로렌스, 그런데 무슨 일로 저희 직원을 찾는지 물어봐도 될까요?"

"음…… 혹시 미스터 체어맨이 방한했을 때, 미스터 킴을 찾지는 않았나요?"

"네? 미스터 킴을요? 듀레인 회장님이요?"

첼시의 눈이 동그래졌다.

이건 또 무슨 말인가?

"아닌 모양이군요. 그럼 이번 감사에서…… 아닙니다."

톰 로렌스는 유빈이 감사에서 무슨 역할을 했는지 물어보려다가 말았다.

그건 아무리 생각해도 가능한 일이 아니었다.

유빈 킴이라는 사람이 무슨 슈퍼맨이 아닌 이상 모든 일에 관여하지는 않았을 거라는 생각이 들었다.

우선은 그와 듀레인 회장과의 관계를 확인하는 것이 먼저였다.

"아무래도 바로 움직여야 할 것 같군요."

"미스터 로렌스, 무슨 일인지는 모르지만 그래도 먼 한국에까지 오셨는데 식사라도 하고 가시죠. 지방에 출장 가 있는 마이어스 대표 이사도 지금 급하게 올라오는 중입니다."

"중요한 일이라 지체할 수가 없군요. 마이어스 대표 이사에게는 안부 전해 주십시오."

톰 로렌스가 가차 없이 자리에서 일어났다.

계획에 없던 싱가포르행이지만, 마크 램버트의 명령을 수행하는 일은 그에게 가장 중요한 임무였다.

"대기 시간이 길지 않으면 좋겠군."

수행하고 있는 톰 로렌스의 비서가 바로 싱가포르행 항공편을 알아봤다.

"오빠, 여기 비싸지 않아요?"

유빈을 따라서 들어가려던 주서윤의 눈이 휘둥그레졌다.

싱가포르의 관광 명소 중 하나인 마리나 베이 샌즈 호텔에 들어올 때만 해도 전망대에 가겠거니 생각한 그녀였다.

물론 전망대도 좋았다. 다만, 배가 조금 고플 뿐이었다. 그런데 유빈이 호텔 57층에 있는 고급 레스토랑으로 주서윤을 데리고 갔다.

"괜찮아. 빨리 들어와."

이런 비싼 식당에는 평생 안 와 봤을 남자 같은데 유빈의 태도는 매일 다니는 사람처럼 자연스러웠다.

미국의 영업사원이었던 전생에서는 이런 고급 식당에서 저녁을 먹는 게 일상이었던 유빈이었다.

물론 주서윤이 그 사실을 알 리는 없었다.

웨이터가 예약된 자리로 두 사람을 안내했다.

화려한 싱가포르 야경이 한눈에 들어오는 좋은 자리였다. 자리에 앉은 서윤은 술을 마시지도 않았는데 양 볼이 발그레해졌다. 만면에 숨길 수 없는 미소가 그녀의 기분을 보여 주고 있었다.

"오빠! 야경이 너무 멋져요. 여기는 또 언제 예약한 거예요?"

"온라인으로 예약되더라고. 한 시간 정도 있으면 라이트 쇼도 한다고 하니까 저녁 먹고 구경하면 되겠다."

"오빠, 혹시 선수 아니에요? 저하고는 맨날 회사 근처 백반집 가면서 다른 여자하고는 고급 레스토랑에 가고 그러는 거 아니죠?"

주서윤이 매력적인 미소와 함께 장난스럽게 물었다.

"하하, 내가 다른 여자를 만날 시간이 어딨어."

"헤헤, 하긴 그러네요."

유빈은 아이처럼 좋아하는 주서윤을 보는 게 즐거웠다.

생각해 보면 주서윤과는 회사와 회사 근처 식당에서 밥 먹고 이야기하는 일이 전부였다.

아직 고백하지는 않았지만, 영화나 연극을 본 적도 없고 교외로 놀러 간 적도 없었다.

라지브 나라옌 CEO의 제안을 받아들이면서 가장 먼저 떠오른 얼굴이 어머니와 주서윤이었다.

싱가포르에서 일하게 되면 한동안은 볼 수가 없었다.

오늘만큼은 그녀에게 그동안 바쁘다고 못 해 줬던 만큼 잘 해 주고 싶었다.

"으음, 메뉴가 많아서 어떤 걸 골라야 할지 모르겠어요. 다 맛있을 것 같은데. 으으……."

"그래? 그럼 오빠가 골라 볼까?"

"좋아요! 헤헷."

유빈이 바로 웨이터를 불렀다.

"먼저 애피타이저로 쉐프 플래터 두 개 주시고요. 메인은 오리가 들어간 트러플 펜네 그리고 와규 립아이 스테이크로 하겠습니다. 음료수는 싱가포르 슬링으로 하겠습니다."

"싱가포르 슬링은 두 잔이시죠? 식사 전에 드릴까요?"

"네, 그렇게 해주세요."

"음식은 쉐어하시겠습니까?"

"네."

"훌륭한 초이스입니다. 잠시 기다려 주십시오. 음료수와 식전 빵부터 준비하겠습니다."

"고맙습니다."

유빈이 영화의 한 장면처럼 막힘없이 주문하자 웨이터가 싱긋 웃으며 가벼운 발걸음으로 멀어졌다.

"오빠!"

"어때, 괜찮았어?"

"미리 공부라도 하고 온 거예요? 연습한 건 아니죠? 호호."

"하하. 이실직고할게. 미리 인터넷 검색해 보다가 블로그에 누가 조금 전처럼 주문해서 올려놨더라고. 맛있어 보여서 따라 해봤어."

주서윤이 지긋이 유빈의 웃는 모습을 바라봤다.

유빈은 어느 때라도 자신을 포장하지 않았다. 겉으로 보이는 모습 그대로가 전부인 사람.

그녀도 여자인지라 일밖에 모르는 유빈이 답답할 때도 있었다. 하지만 일에 열중하는 그의 모습을 곁에서 지켜볼 때면 그런 마음이 눈 녹듯 사라졌다.

유빈은 일에 집중하고 있을 때가 가장 멋졌다.

그리고 오늘 또 그가 보여 주는 새로운 모습에 주서윤은 가슴이 두근거렸다.

둘은 맛있게 식사를 하고 싱가포르 슬링을 한 잔씩 더 주문해 테라스로 자리를 옮겼다.

"서윤이 너는 왜 연애 안 해? 회사에도 너 좋아하는 사람 많은데. 소개팅도 많이 들어오지 않아?"

"많이 들어와요. 호호. 그런데 오빠 입사하고 나서는 한 번도 안 했어요."

"그래?"

"일이 바쁘기도 하고 남자를 만나도 관계가 오래가지를 않아서요."

"왜?"

"전에 만난 사람들은 하나같이 조금 사귀다 보면 저한테 집착하더라고요. 회식이나 세미나 때문에 일이 늦게 끝날 때도 있고 한데 화를 내더라고요. 옆에 남자가 있는지 꼬치꼬치 물어보고."

"이해는 간다. 네가 너무 예쁘니까 다른 남자가 집적댈까 봐 그랬겠지."

"저도 그렇다고 생각은 했는데 그래도 그런 모습이 싫었어요. 오빠는 어때요?"

"글쎄…… 나는 그렇게 행동하지는 않을 것 같아. 내가 그들보다 낫다는 건 아니고. 나는 상대방을 믿을 수 없다면 만나지도 않을 거거든."

"흐응, 그렇구나. 하긴 오빠는 주변에 나 같은 여자도 있는데 방치하니까."

칵테일에 들어 있는 알코올 덕분인지 주서윤이 신나서 많은 이야기를 했다.

유빈은 그녀의 말 하나하나에 귀를 기울이며 호응해 줬다.

시원한 바람이 두 남녀를 스치고 지나갔다.

주서윤이 야경을 바라보며 말을 하지 않자 잠깐의 침묵이 이어졌다.

"서윤아, 오빠 올해가 끝나면 싱가포르에서 일하게 될 것 같아."

유빈의 말에 그녀가 고개를 돌려 유빈을 바라봤다.

"……."

"라지브 나라옌 CEO가 같이 일하자고 하네."

"……축하해요."

말과는 달리 그녀의 표정이 굳어졌다.

걱정하던 바가 현실이 된 것이었다. 그녀의 심장이 내려앉았다. 언젠가는 유빈이 얼굴을 보지 못하는 곳으로 날아갈 거라는 불안함이 그녀 안에 존재하고 있었다.

"너한테 제일 먼저 이야기해 주고 싶었어."

"……그래서 이런 데서 밥도 사 주고 한 거예요?"

주서윤의 목소리가 살짝 떨렸다.

"기다려 줄래?"

"네?"

"이제 그만 방치할게."

"……."

"난 널 믿어. 한동안은 장거리 연애가 되겠지만, 곧 다시 만날 수 있을 거야. 기다려 줄래?"

"……기다릴게요. 그 대신 빨리 와야 해요."

긴장했던 그녀의 표정이 풀어지며 주서윤은 그 어느 때보다 환한 웃음을 지었다.

그녀의 대답에 맞춰 화려한 라이트 쇼가 둘을 축복하듯 시작되었다.

"오빠, 설마 고백 타이밍까지 생각한 거예요?"

"그럴 리가. 하하."

"전 오빠가 백반집에서 김치찌개 먹으면서 고백했어도 좋다고 했을 거예요. 하지만 이런 곳에서 고백해 줘서 고마워요. 오랫동안 기억에 남을 것 같아요."

주서윤이 이제는 유빈만을 위한 아름다운 미소를 그렸다.

"호호, 오빠 내일은 멀라이온 보러 가요."

호텔에서 나와 두 시간 넘게 야시장에서 공식적인 첫 데이트를 즐긴 두 사람이 묵고 있는 호텔 안으로 들어왔다.

"사람들한테 이야기할까?"

"뭘요? 멀라이온 파크 같이 가자고요?"

"아니. 우리 사이."

"네? 아, 안 돼요!"

"왜?"

"……부끄럽잖아요."

"뭐가 부끄러워."

"그럼 조금만 있다 말해요. 저는 항상 비밀 사내 연애해 보고 싶었거든요."

"나 말고 다른 남자하고도 몰래 한 거 아니야?"

"오빠!"

"농담이야. 농담. 그런데 우리는 말하기도 전에 들킬 것 같아. 너나 나나 좋아하는 티를 너무 내잖아."

"헤헤, 음, 그럼 우리 사무실에서는 이제 말도 걸지 말아요. 눈도 마주치지 말고."

"그건 내가 못 할 것 같아."

서로의 마음을 확인한 두 사람은 지금까지 참았던 감정을 서로에게 표현했다.

"호호. 그럼 내일은 마케팅팀 전부 같이 가요. 제가 물어볼게요."

주서윤이 신나서 이야기하는데 유빈이 갑자기 발걸음을 멈추며 그녀의 손목을 잡았다.

"오빠?"

양복을 입은 남자가 어느새 나타나 두 사람 앞을 가로막았다.

"실례합니다. 혹시 제네스 코리아 유빈 킴입니까?"

"……맞습니다만, 누구시죠?"

"본사에서 왔습니다. 시간이 늦었지만 잠시 이야기를 나누고 싶습니다."

마치 시간이 늦었더라도 거절 따위는 생각도 하지 말라는 말투였다.

"본사라면 뉴욕 말인가요?"

"네. 그렇습니다."

유빈이 남자를 찬찬히 살폈다.

"대화를 나누고 싶어 하는 분은 따로 있습니다. 저는 그분의 비서이고요."

"……알겠습니다."

회사 사람인데 거절할 명분도 없었다.

"서윤아, 먼저 올라가 있어."

"알았어요."

주서윤은 두말하지 않고 고개를 끄덕였다.

"그럼 가시죠."

유빈은 앞장서서 걸어가는 남자를 따라갔다.

호텔 로비의 소파에 몸을 기대고 있던 남자가 천천히 몸을 일으켰다.

나이는 40대 중반? 금발에 파란 눈인 전형적인 백인 남자였다.

"데리고 왔습니다."

"수고했어. 잠깐 자리 좀 비켜 주게."

"알겠습니다."

"미스터 킴. 정말 만나기 힘든 사람이군요. 본사 COO인 톰 로렌스입니다."

남자가 매끈한 하얀 손을 유빈을 향해 내밀었다.

이 사람이 원하는 것은 뭘까?

유빈이 처음 만나는 사람과 대화할 때 기본적으로 품는 생각이었다.

영업사원의 기본적인 자세랄까?

이런 마음가짐은 영업뿐만이 아니라 인생 전반에 도움이 되었다. 누군가로부터 무언가를 원한다면 받기 전에 우선 줘야 했다.

존경, 칭찬, 사랑 등을 원하는 사람도 있고 1차원적으로 돈이나 물건 또는 정보나 지식을 원하는 경우도 있다. 아니면, 단순히 이야기를 들어주기를 바라는 사람도 있는 반면에 상대방의 마음을 원하는 사람도 있다.

하지만 애초에 상대방이 원하는 것을 모른다면 아예 시작조차 할 수 없었다.

영업일을 하면서 상대방이 원하는 것을 알아채는 능력을 갈고닦은 유빈은 남자가 말하는 모습을 유심히 살폈다.

어려웠다.

남자는 사람을 대하는 일에 있어 프로였다.

자신을 드러내지 않으면서 상대방의 의중을 읽어 내는 사람. 오라도 평온한 바다처럼 흔들림이 없었고 표정도 거의 없었다.

만만치 않았다.

본사의 COO라고 자신을 소개한 톰 로렌스가 무엇을 원하는지 감조차 오지 않았다. 그래도 유빈은 포기하지 않고 대화하면서 계속 그를 관찰했다.

"그러니까 저를 만나기 위해 뉴욕에서 어제 출발해 한국에 도착했고 다시 싱가포르로 왔다는 말씀이군요."

유빈은 이야기하면서도 믿기 힘들었다.

도대체 무엇 때문에?

"정확합니다."

"이메일이나 전화로 연락하셔도 될 텐데……."

"중요한 일이니까요."

톰 로렌스는 유빈의 생각과 관계없이 담담하게 답했다.

"어떤 일인지는 모르겠지만, 고생해서 오셨으니 궁금하신 게 있으면 최선을 다해 답해 드리겠습니다."

"머리 회전이 빠르군요. 내가 굳이 나의 장황한 여행담을 들려준 이유도 바로 그겁니다."

"말씀하십시오."

저녁 11시가 다 되어 가는데도 호텔 로비에는 드나드는 사람이 꽤 있었다. 톰 로렌스가 잠시 그들 중 한 명에게 시선을 돌리며 지나가는 투로 물었다.

가벼운 질문들이었다.

회사에서는 몇 년 일했는지, 마케팅 일은 할 만한지.

그러다가 갑자기 들어오는 질문이 있었다.

"바이오시밀러에 대해 얼마나 알고 있나요?"

"바이오시밀러요?"

유빈은 잠시 머뭇거리다가 언론에서 다룬 기본적인 정의에 관해서 설명했다.

"만약 제네스에서 바이오시밀러 사업에 착수한다면 어떤 항체의약품을 타깃으로 하는 게 좋을까요?"

그냥 평범한 질문이었다.

아무 생각 없이 들었다면 역시 아무렇지도 않게 아는 바를 대답했을 것이었다.

하지만 지금 상황과는 어울리지 않았다.

지구 반대편에 있는 사람을 급하게 찾아와 하는 질문이 바이오시밀러에 관한 거라니.

게다가 미세하지만, 질문하는 톰 로렌스의 오라에서 호의적이지 않은 기운이 감지되었다.

'앤으로부터 뭔가를 들은 건가.'

유빈이 다시 한 번 답했다.

"그렇게 깊이 있게는 생각해 보지 않았습니다. 바이오의약품은 화학약품과 비교하면 부작용이 적고 효과는 뛰어난 대신 약값이 비싸다는 단점이 있습니다. 그래서 앞으로 바이오시밀러가 유망할 수 있겠다는 정도만 알고 있습니다. 이것도 인터넷 기사에서 본 거고요."

"그렇군요."

톰 로렌스는 유빈의 정석적인 대답에서 딱히 의심스러운 점을 발견하지 못했다. 하지만 유빈이 방어적으로 대답한다는 사실을 감으로 알 수 있었다.

마크 램버트 CEO의 비서인 앨렌은 유빈 킴이 다니엘 듀레인 회장에게 바이오시밀러에 관해서 이야기했다고 털어놨다.

그녀의 제반 지식으로는 내용을 다 기억할 수 없었지만 듀레인 회장이 그의 이야기를 듣고 감탄했다고 했다.

톰 로렌스는 앨렌의 증언을 온전히 믿지는 않았다.

특히 듀레인 회장이 감탄했다는 부분은 더욱 그랬다. 살아있는 제약업계의 전설이 아시아에서 온 젊은이의 이야기를 듣고 감탄했다고?

그건 마치 F1 드라이버가 아마추어 레이서의 운전을 보고 감탄하는 것과 마찬가지로 말이 안 되었다.

그 일이 있고 얼마 후 앤 해밀턴이 바이오시밀러에 관한 미래전략 보고서를 제출했다.

정리해 보면 듀레인 회장이 유빈으로부터 바이오시밀러에 관한 내용을 듣고 흥미로워했으며 그 이야기를 손녀인 앤에게 전달했을 거로 추측할 수 있었다.

톰 로렌스가 추측한 첫 번째 시나리오였다.

그런데 지금 유빈의 대답으로 봐서는 그 추측의 가능성이 작아진 것이다.

그렇다고 유빈을 의심하기에는 그의 태도가 너무 자연스러웠다.

'만약 내 의도를 알고 일부러 애매하게 답을 한 거라면…….'

작전을 바꾼 톰 로렌스가 다시 질문했다.

"듀레인 회장님이 한국을 방문했을 때 개인적으로 만난 적이 있나요?"

유빈은 퍼뜩 정신을 차렸다.

'이거였구나.'

본사 COO가 한국 지사의 대리급 직원을 만나기 위해 지구 반 바퀴를 돌아온 이유. 바로 이것이었다. 이 사람의 최종 타깃은 듀레인 회장인 것이다.

본사 COO라면 CEO의 측근이다.

그의 행동엔 마크 램버트의 의중이 담겨 있을 가능성이 컸다.

마크 램버트가 듀레인 회장의 행동을 신경 쓴다?

만약 듀레인 회장에게 해가 될 일을 계획하는 거라면 확인해서 알려 줘야 했다.

여기까지 생각을 정리한 유빈이 마음을 정했다. 톰 로렌스가 자신에 대해 오해하도록 할 생각이었다.

문제는 그가 어디까지 알고 왔느냐는 거였다.

"한국에서요? 뉴욕에서는 우연히 뵌 적이 있지만, 한국에 오셨을 때는 먼발치에서밖에 보지 못했습니다."

유빈이 조심스럽게 단어를 선택하며 답했다.

제네스 뉴욕 본사에서 듀레인 회장과 점심을 먹을 때는 마크 램버트의 비서인 여자와 함께였다.

정황상 이 사람은 그녀의 이야기를 들었을 가능성이 컸다. 유빈은 사실과 거짓을 적절히 섞어 가며 답했다.

"뉴욕에서 회장님을 만난 적이 있다고요?"

"하이 퍼포머 위크에 참석했을 때 만났습니다. 제가 마크 램버트 CEO의 팬이라서 얼굴이라도 한번 보려고 무작정 그의 업무실을 찾아갔는데 거기서 우연히 회장님을 만났습니다. 좋은 분이셨고 점심도 함께 먹었습니다."

유빈이 즐거워하는 표정으로 답했다. 누가 봐도 추억을 곱씹는 얼굴이었다.

톰 로렌스는 헷갈리기 시작했다.

유빈의 말이 진실일까?

다른 사람의 말이 참인지 거짓인지를 단번에 파악하는 그의 능력이 오늘은 성능을 제대로 발휘하지 못하고 있었다.

'이놈 봐라.'

반대로 유빈은 톰 로렌스가 질문을 하면서 하나도 궁금해하지 않는다는 사실을 알았다.

오라가 말해 주고 있었다.

그 말은 그는 이미 유빈이 듀레인 회장을 만난 적이 있다는 사실을 알고 있다는 뜻이었다.

유빈이 고개를 끄덕이며 표정을 부드럽게 풀었다.

"듀레인 회장님을 만날 수 있어서 좋기는 했지만, 마크 램버트 CEO의 얼굴을 한 번이라도 볼 수 있으면 하는 아쉬움이 더 큽니다."

"그의 얼굴을 꼭 봐야 하는 이유라도 있나요?"

머리싸움으로 두 사람 사이에 보이지 않는 불꽃이 튀었다.

"마크 램버트 CEO가 저의 롤모델이기 때문입니다. 젊은 나이에 경영 전문가로 인정받고 제네스라는 거대 기업의 CEO가 되었기 때문입니다. 씨크릿이라는 책을 보니 롤모델을 찾아가서 그의 이미지를 담아 오라고 하더군요."

"그런 의미에서였군요."

"램버트 씨가 인터뷰한 기사도 찾아봤습니다. 효율을 가장 중시하는 CEO라는 제목이었죠. 저도 일하면서 효율성을 중요하게 생각합니다. 그런 면에서 이번에 제네스 코리아에서 있던 감사 결과는 아쉬운 면이 있습니다."

"어떤 면이 그렇습니까?"

톰 로렌스는 계속되는 유빈의 말에 살짝 짜증이 올라오려 했다.

COO를 어려워하지 않는 모습도 마음에 안 들었고 수다스러운 모습도 별로였다.

"감사 결과 현상 유지 쪽으로 결정되었는데 효율성을 중시한다면 조직을 축소하는 편이 낫다고 계속 생각하고 있었습니다."

"왜죠?"

"불필요한 인원이 많습니다. 그들이 없어진다 해도 매출에는 큰 영향이 없을 것 같다고 나름 판단을 하고 있었습니다."

유빈은 마치 면접을 보는 사람처럼 열과 성을 다해 대답했다.

"제대로 보고 있군요. 미스터 킴의 생각대로 이루어지는 것을 곧 볼 수 있을 겁니다."

톰 로렌스가 대화를 빨리 끝내기 위해 결론을 내는 듯한 투로 말했다. 유빈은 그의 말에 눈을 빛냈다.

유빈은 조그마한 단서라도 건지기 위해 톰 로렌스의 오라에 집중했다. 전생의 능력이 여러 가지 일을 겪으면서 점점 현생에 녹아들고 있었다.

마치 전생에서 사용했던 것처럼 능력이 자연스럽게 발현되었다.

–나비로이

약하지만 톰 로렌스로부터 분명한 사념이 전달되었다.

'나비로이?'

나비로이라면 내년에 글로벌 런칭하게 되는 비뇨기과 약품이었다. 유빈이 어지 데일의 감사에 대비해 여성건강사업부에서 런칭을 유도한 제품이기도 했다.

그런 약의 이름이 톰 로렌스로부터 전달된 것이다.

잠시 생각에 잠겼던 유빈은 마치 못 알아들은 것처럼 딴소리를 했다.

"마크 램버트 CEO가 한국에 오십니까?"

"크흠, 한국 방문한 계획은 없습니다만, 미스터 킴은 유능

하니까 다른 곳에서도 곧 얼굴을 볼 기회가 올 겁니다.”

톰 로렌스가 열정이 넘쳐 보이는 유빈을 향해 속으로 실소를 던지며 성의 없이 말을 던졌다.

본사는 아무나 올 수 있는 곳이 아니었다.

특히 조그만 나라의 동양인 직원이라면 더욱 가능성이 작았다.

당연히 속마음을 알아채지 못할 거로 생각하고 한 말이었지만 유빈은 들여다보고 있었다.

“정말입니까? 제 자랑이라 말하기가 쑥스럽기는 합니다만 이번 마케팅 콘퍼런스에 참석하면서 아시아 BD팀 매니저 자리를 제안받았습니다.”

“그래요?”

‘높은 곳으로 가고 싶은 욕심이 가득하군.’

톰 로렌스는 유빈이 열심히 자신한테 능력을 어필하려는 것을 알았다. 동시에 유빈에 대한 의심도 완전히 사그라졌다.

괜한 발걸음을 했다고 생각하니 짜증이 솟구쳤다.

‘다시 한국으로 가서 듀레인 회장의 동선을 확인해 봐야겠군.’

그는 딴생각하며 무표정하게 이야기했다.

“그렇군요. 축하합니다.”

"감사합니다. 저, 미스터 로렌스 괜찮으시면 제가 식사라도 대접할 수 있을까요?"

톰 로렌스의 오라와 반응을 보니 의도한 대로 자신을 판단하고 있다는 것을 알았다.

욕심이 크고 권력에 약한 모습.

유빈이 연기하고 있는 캐릭터였다.

"아닙니다. 전 다시 움직여야 해서 다음에 기회가 된다면 같이 하죠."

"아쉽군요. 한국에 오시면 꼭 연락해 주십시오."

톰 로렌스가 고개를 살짝 끄덕이고는 자리에서 일어났다. 더 머무를 이유가 없었다. 끈질기면서 욕심 많은 이 직원을 빨리 떼어 내고 싶었다.

톰 로렌스가 멀어지자 유빈의 표정이 평소처럼 돌아왔다.

"아부하기가 이렇게 힘드네."

성격에 맞지 않는 짓을 하려니 피곤했지만, 유빈은 그 대가로 톰 로렌스의 말에서 중요한 단서를 얻을 수 있었다.

'설마 대규모 감원이라도 할 생각은 아니겠지? 그리고 나비로이는?'

유빈의 몸이 살짝 떨렸다. 마크 램버트라면 충분히 가능한 일이라는 생각이 들었다.

아직 확신은 없었다.

듀레인 회장과 상의를 해 봐야 했다. 그러면 본사에서 돌아가는 일을 조금 더 구체적으로 알 수 있을지 몰랐다.

톰 로렌스의 모습이 완전히 사라졌다. 유빈은 굳어진 표정을 풀지 않았다. 오늘은 어떻게든 넘어갔지만, 톰 로렌스 정도의 사람이라면 유빈의 행동에서 이상한 점을 느낄지도 몰랐다.

다음 날 마케팅 콘퍼런스는 시작하기 전부터 한 가지 주제로 떠들썩했다.

제네스의 에이티제이 인수합병 기사가 주인공이었다.

마케터들은 서로의 생각을 공유하며 이야기하기에 바빴다. 유빈 역시 아침에 기사를 확인했다.

[글로벌 제약업체인 제네스가 항체의약품인 애브비로 유명한 에이티제이 인수를 추진한다. 에이티제이는 시가총액으로만 보면 20대 제약회사에 들지 못하지만, 블록버스터 의약품인 애브비의 폭발적인 매출 증가로 바이오제약회사의 선두주자로 불린다.

파이낸셜타임스는(FT)는 제네스가 에이티제이의 인수 예비논의를 진행하고 있다고 17일(현지시간) 보도했다.

마크 램버트 최고경영자(CEO)와 제리 클레멘트 에이티제이 회장이 관련 협의를 진행하고 있다고 FT는 전했다.

제네스는 세계 1위 제약사다. 시총 4,840억 달러 규모다. 에이티제이 시총은 1,130억 달러 수준이다. 제네스가 에이티제이를 인수해 두 회사가 합치면 시총 약 6,000억 달러(약 700조원)가 넘는 최대 공룡 제약사가 탄생하게 된다. 이는 올해 최대 규모 인수합병(M&A)이기도 하다.

제네스는 M&A를 통해 항체의약품이라는 새 성장 동력을 확보할 수 있다. 최근 제약사들은 주력 제품의 특허가 만료되는 상황에서 인수합병을 통해 돌파구를 찾는 분위기다.

하지만 아직 양측의 논의가 초기 단계로 변수가 많은 상황이다. 높은 인수합병 가격과 합병 과정에서의 구조조정에 반대하는 내부의 반발 등도 걸림돌이라고 월스트리트저널(WSJ)은 지적했다.]

기사 내용을 곱씹어 보면서 바이오시밀러에 대해 묻던 톰 로렌스의 질문이 머릿속에 맴돌았다.

그는 기사 내용을 이미 알고 그런 질문을 했던 걸까?

기사가 나온 타이밍이 공교로웠다.

만약 제네스와 에이티제이의 인수합병이 순조롭게 이뤄진다면 셀아키텍트의 바이오시밀러 판매권을 제네스에서 받을 이유가 없었다.

유빈이 알기로 셀아키텍트의 개발 단계 중 가장 앞서 있는 제품이 에이티제이의 애브비 바이오시밀러였다.

듀레인 회장이 투자하면서 내건 조건이 휴지통으로 들어가는 셈이었다.

이렇게 될 줄 알았으면 에이티제이 M&A를 추천하지 말걸 그랬다는 후회가 들었다.

마크 램버트가 그냥 제네스의 CEO가 된 건 아닌 모양이었다. 유빈의 주장이 들어간 앤의 리포트가 기반이 되기는 했지만 그걸 받아들여서 실천하는 것 또한 능력이었다.

유빈은 제네스도 셀아키텍트도 잘되길 바랐다.

그런데 이대로 상황이 진행된다면 두 회사는 적대적인 관계가 될 수밖에 없었다.

마크 램버트는 미래 성장 동력도 얻음과 동시에 듀레인 회장의 투자도 빛이 바래게 하려는 것 같았다.

약간은 머릿속이 복잡해졌다.

유빈이 원하는 것은 제네스가 잘되는 것이지 마크 램버트가 잘되는 것은 아니었다.

하지만 둘은 떼어 놓을 수 없는 관계였다.

하나가 잘되면 다른 하나도 잘될 수밖에 없었다.

유빈은 이제 선택을 해야 했다.

마크 램버트를 제네스 CEO에서 물러나게 하려면 제네스를 흔들 수밖에 없었다.

유빈이 머릿속으로 그림을 그렸다.

여러 가지 퍼즐이 제자리를 찾아가야 가능한 계획이었다. 하나라도 어긋난다면 실패할 가능성도 컸다.

'그래도 해볼 수밖에 없어. 시간이 걸리기는 하겠지만, 서우석 회장님이라면 해내실 수 있을 거야.'

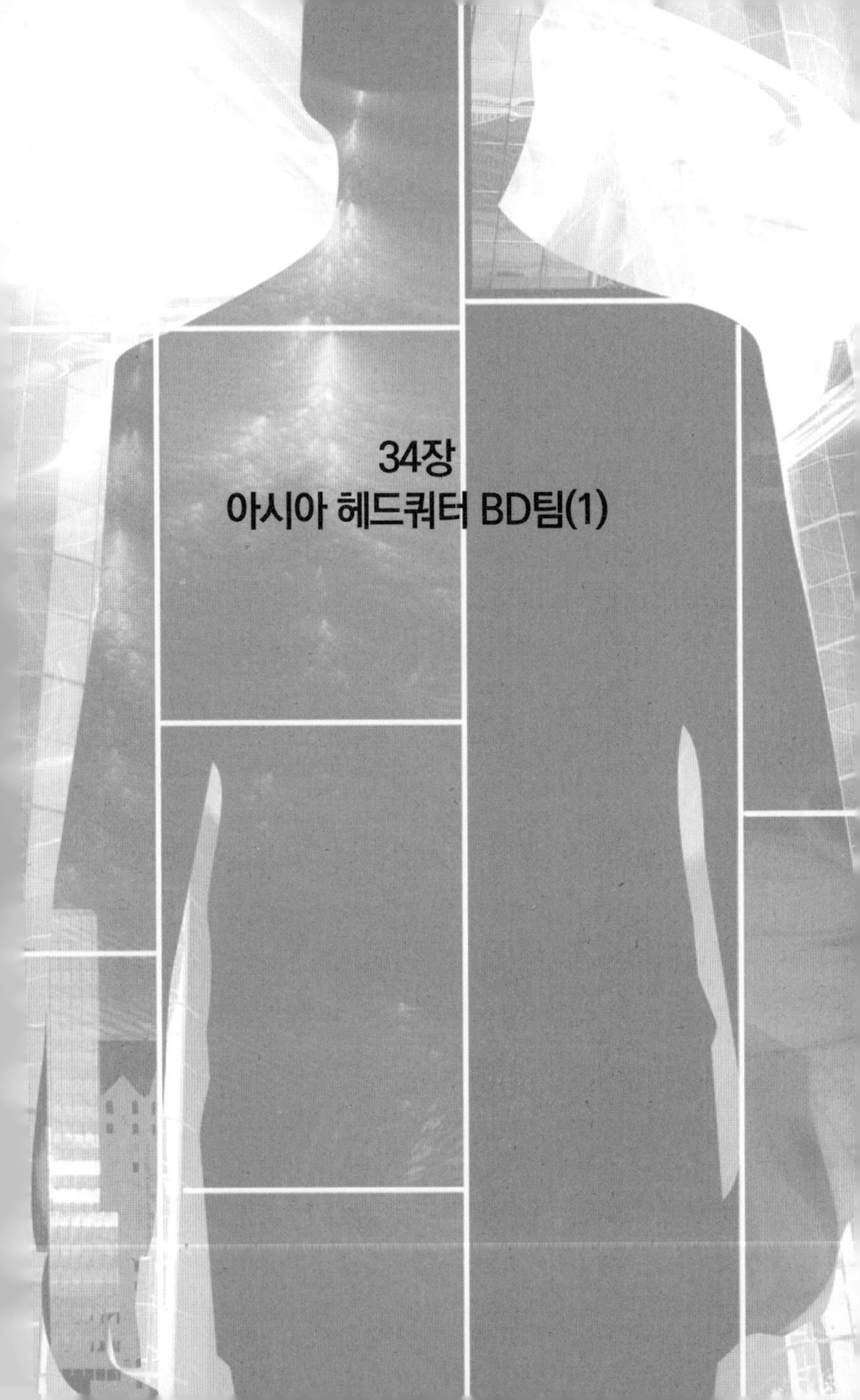

34장
아시아 헤드쿼터 BD팀(1)

정말 방법이 그것뿐일까?

고민이 되었다.

제네스는 유빈에게 너무나 고마운 회사였다. 동생의 병을 완치하지는 못했지만, 하늘나라로 가기 전 즐겁게 시간을 보낼 수 있게 해 준 은인이었다.

애초에 유빈이 제네스 CEO가 되고자 하는 이유는 단 하나였다.

희귀병 질환 연구의 재개.

동생인 인아의 묘소에서 한 약속도 그것이었다.

사람을 살리는 약을 만드는 제약회사, 그것도 세계 시장을 선도하는 제네스라면 인아와 같이 희귀병과 외로이 싸우는 환자들에게도 희망을 줘야 한다고 여겼기 때문이다.

유빈은 효율성을 중시하는 마크 램버트 CEO의 정책 자체가 잘못되었다고 생각하지는 않았다. 기업 경영의 관점에서 보면 비용을 줄이고 이익을 취하는 건 당연한 일이었으니까.

다만, 더 옳은 방법이 있다는 걸 보여 주고 싶었다.

지금까지 제네스가 세계 시장을 선도해 왔던 이유는 단순히 블록버스터 약품과 효율적인 경영에만 있지 않았다.

듀레인 회장이 만들어 온 제네스는 항상 존경받는 기업 순위에 올라 있었고 불치병이나 희귀병 환자들에게는 희망의 기업이었다.

그런 점들이 모여, 보이는 숫자만큼이나 제네스를 세계 최고의 제약회사로 키워 온 것이다.

하지만 마크 램버트의 제네스는 ERP로 수많은 사원을 정리 해고했을 뿐만 아니라 수많은 환자들의 희망을 앗아 가 버렸다.

유빈은 영업이든, 마케팅이든 모든 일의 중심에는 사람이 있다고 여겼다.

그러나 마크 램버트는 아니었다. 그의 경영에는 철저한 효율성만 있을 뿐, 사람이 없었다.

유빈이 아시아 태평양 리전 라지브 나라옌 CEO의 스카웃 제의를 수락한 이유도 같은 맥락이었다. 나라옌 CEO는 아시아 태평양 리전 내 지사에서의 대량 해고를 우려했고 그것이 결코 제네스를 위한 길이 아님을 알고 있는 사람이었다.

유빈은 이제 선택해야 했다.

이 선택으로 인해 제네스가 일시적으로 흔들릴 수도 있겠지만, 결과적으로는 더욱 옳은 방향으로 갈 것이라 믿었다.

머릿속을 정리하니 마음이 조금 개운해졌다.

CEO로의 길은 마라톤이나 다름없었다.

유빈은 42.195킬로미터 중 자신이 어느 위치에 와 있는지 감이 오지 않았다.

하지만 한 걸음씩 앞으로 걷다 보면 언젠가는 골인 지점에 도달할 거로 믿었다.

우선은 한국에서의 프로젝트를 잘 마무리하고 그 후에 아시아 본사에서 BD팀을 꾸려 나가는 게 다음이었다.

조금 전에 떠올린 계획은 인내심을 가지고 틈틈이 진행할 생각이었다.

"에이티제이 쪽에서 펄펄 뛰고 있습니다. 우리 쪽에서 일부러 기사를 흘렸다고 하고 있습니다."

"후후, 그래?"

보고를 받는 마크 램버트 CEO가 자주 보이지 않는 웃음을 터뜨렸다. 에이티제이의 제리 클레멘트가 어떤 표정일지 상상하니 웃지 않을 수가 없었다.

마지막 협상에서 셀아키텍트 카드를 내세워 이미 한 번 그를 압박한 마크 램버트는 협상 내용을 프레스에 흘리면서 압박을 강화했다.

에이티제이의 주가는 제네스와의 인수합병 소식으로 고공행진을 하고 있었다.

여기서 제리 클레멘트가 아직 확정된 게 없다고 발표라도 한다면 주가 하락에 대한 모든 원망은 고스란히 그에게 돌아갈 수밖에 없었다.

그는 이러지도 저러지도 못하는 난처한 상황에 빠진 것이다.

"에이티제이에서는 여전히 협상의 제1원칙으로 완전 고용 승계를 주장하고 있습니다."

"까짓것 들어주지."

"네?"

"완전 고용 승계 말이야. 까짓것 들어주자고. 인수하고 난 다음에 일 년 정도는 그대로 놔두다가 서서히 관리직부터 우리 쪽 사람으로 교체하면 되잖아. 몇 년 지나면 결국 경영진과 실무 관리자는 제네스 출신 임원으로 바뀌어 있을 거고 우리는 연구팀만 인수하게 되는 거지."

"하지만……."

"명분은 충분해. 아무리 자회사로 흡수한다고 하지만 어쨌든 그들도 합병되면 제네스 직원이잖아. 제네스에서는 뺑뺑이가 기본이야. 넓은 세계를 봐야 넓은 시야를 가질 수 있는 거지. 안 그래?"

"……옳은 말씀입니다."

부하 직원의 떨떠름한 대답에 마크 램버트가 인상을 찌푸렸다.

"그런데 톰은 어디 가고 데릭, 자네가 보고하는 거지?"

"톰 로렌스 COO는 현재 해외 출장 중입니다."

"아, 그랬지. 수고했어. 협상팀에게 지금 한 이야기 전달하고."

"알겠습니다."

데릭 스완슨이 집무실에서 나가자 마크 램버트는 바로 전화를 집어 들었다.

"톰, 어디야?"

–싱가포르입니다. 어제 보낸 메일에 써 놨습니다.

지구 반대편이지만 통화 감이 나쁘지 않았다.

"아, 그랬나? 프레스에 합병을 흘리라는 내용을 유심히 보느라 지나쳤나 보군. 자네 말대로 기사는 내보냈네."

—네, 저도 확인했습니다. 유빈 킴이라는 남자가 듀레인 회장의 셀아키텍트 방문을 조율한 것이 거의 확실합니다. 마지막으로 확인하기 위해 조금 있다가 한국으로 가려고 합니다.

“그래, 이번 인수합병이 제대로 진행되면 노인네의 투자가 우스운 꼴이 될 거야. 과거 미다스의 손이라 불리는 그도 나이가 들면서 예전만 못하다는 이야기가 나오겠지. 내가 그렇게 만들 거야.”

—당연히 그렇게 될 겁니다.

“그런데 톰.”

—네.

“앞으로 자네 대신 보고하는 사람은 다른 사람이었으면 좋겠어.”

—……데릭 스완슨이 무슨 실수라도…….

“앞뒤가 막힌 친구라 이야기가 통하지 않아.”

—알겠습니다. 조치하겠습니다.

“그래, 그리고 뭔가 알아내면 바로 보고해.”

—알겠습니다.

창이 공항에서 전화를 받은 톰 로렌스가 씁쓸한 표정으로 끊어진 전화기를 쳐다봤다.

‘고생이 많네’라는 한마디만 들어도 기분이 이렇게 더럽지는 않을 것 같았다. 그렇다고 자신을 COO로 만들어준 마크 램버트를 욕할 수도 없었다.

'유빈 킴이라. 그가 도대체 누구기에 듀레인 회장의 마음에 든 거지?'

톰 로렌스는 어제의 만남을 다시 떠올렸다.

어제저녁, 유빈과의 만남을 뒤로하고 호텔로 돌아온 톰 로렌스는 찜찜한 기분을 떨쳐 낼 수 없었다.

어딘가 핀트가 안 맞는 것 같았다.

순간 카일라 첼시의 유빈에 대한 평가가 떠올랐다. 동시에 톰 로렌스의 심장이 차갑게 가라앉았다.

"유빈 킴……."

첼시 사장의 평가와 유빈을 직접 만난 톰 로렌스의 평가는 마치 다른 사람에 대한 것처럼 극과 극이었다.

첼시 사장이 중요한 일을 맡길 수 있는 믿을 수 있는 사람으로 유빈을 평가했다면, 톰 로렌스는 능력은 있지만 욕심이 많고 권위에 약한 사람이라는 평가했다.

한 사람에 대한 평가가 이렇게 다를 수 있을까?

둘 중 누군가는 유빈을 잘못 봤다는 이야기였다.

유빈에 대한 첼시 사장의 평가는 부하 직원에게 할 수 있는 최고 수준이었다. 그녀가 거짓말을 한 것 같지도 않았고

할 이유도 없었다.

그렇다면 자신의 평가가 잘못되었다는 소리다.

만약 유빈이 그렇게 평가받도록 연기를 했다면?

소름이 돋았다.

첼시 사장에게 먼저 이야기를 듣지 않았더라면 완벽하게 속을 뻔했다.

'보통 녀석이 아니야…… 듀레인 회장을 해결하면 더 크기 전에 이 녀석도 치워 버려야겠어.'

마음을 가라앉힌 톰 로렌스의 표정이 차가워졌다.

속은 걸 안 이상 유빈의 말을 곧이곧대로 믿을 수가 없었다.

그는 유빈의 말을 오히려 역으로 받아들였다.

'그렇다면 한국에서 듀레인 회장을 만났을 가능성이 있어. 그 부분부터 확인해야겠군.'

톰 로렌스는 늦은 시간이었지만 한국에 바로 전화를 했다. 그리고 유빈이 듀레인 회장이 셀아키텍트를 방문한 날, 회사에 연차를 냈다는 사실을 확인할 수 있었다.

싱가포르에 오기 전 한국에 있을 때 그가 알아낸 사실이 한 가지 더 있었다. 듀레인 회장이 셀아키텍트로 갈 때 운전했던 사람의 증언이었다.

운전기사는 신분은 모르지만 젊은 한국 남자가 듀레인 회장과 동행했다고 했다. 그 이상은 알아내지 못했지만, 유빈이 연차를 썼다는 사실과 합쳐지니 그림이 그려졌다.

"거의 확실하군. 이제 시작해도 되겠어."

마크 램버트에게 메일을 보낸 톰 로렌스가 그제야 푹신한 침대에 몸을 눕혔다.

마케팅 콘퍼런스를 마치고 싱가포르에서 돌아온 유빈은 OC 프로젝트에 집중했다.

일 자체도 즐거웠지만 주서윤과의 짜릿짜릿한 비밀 사내 연애도 일상의 즐거움이었다.

서인아가 의심의 눈초리를 계속 보냈지만 둘은 들키지 않고 신호를 주고받았다.

여중, 여고의 성교육은 큰 반향을 일으켰다.

처음에는 산부인과가 가까이 있는 학교에서만 성교육을 진행했지만, 점점 요청하는 학교가 늘어나 전국으로 퍼져 나갔다.

영업팀의 반응도 좋았다.

담당 의사와 친밀도가 높아지면서 자연스레 처방 실적도 상승했다.

성교육뿐만 아니라 서인아가 마케팅팀과 영업팀의 중간

다리 역할을 하고 새로 마케팅 헤드가 된 홍경은 차장도 영업팀과의 소통을 소홀히 하지 않았다.

두 팀의 관계는 싸이클 미팅에서 확연하게 드러났다. 예전에는 서로 못 잡아먹어 안달하던 두 팀의 브레인스토밍에서는 건설적인 아이디어가 속출했다.

유빈은 성교육의 폭발적인 반향을 등에 업고 대한산부인과의사회를 통해 학교 보건교사를 대상으로 하는 심포지엄을 열었다.

산부인과 의사와 달리 보건교사는 일 년 내내 학교에 상주하는 사람이었다.

보건 교사에게 올바른 피임 상식과 피임 교육을 할 수 있는 강의 자료와 도구를 전달하는 게 주요 목적이었다.

유빈이 준비한 OC 프로젝트 기획이 하나씩 마무리되면서 피임약 복용률에 관한 기대감도 조금씩 올라갔다.

물론 상반기의 4.5%에서 큰 변화가 없을 수도 있었다. 하지만 산부인과 현장에서 들려오는 소리를 들어보면 인식 변화가 확실히 진행되는 것을 알 수 있었다.

"으, 떨려요."

창밖에서는 눈이 내리고 있었지만, 사무실 안은 따뜻했다. 주서윤이 떨려 하는 이유는 따로 있었다.

유빈은 IMS 헬스 코리아에서 보내 준 피임약 복용률 설문조사 결과가 담긴 엑셀 파일을 막 열려는 참이었다. 그의 뒤로 주서윤과 서인아 그리고 홍경은 차장이 서 있었다. 오늘의 야근 멤버였다.

"나왔어요? 몇 프로예요?"

유빈이 열린 엑셀 파일의 페이지를 한 장씩 넘겼다.

설문조사 설계방법, 표본오차 산정방법 등이 지나가고 드디어 찾던 숫자가 나왔다.

"어머!"

"우와 대박이에요!"

뒤에서 난리가 났다. 유빈은 침착하게 숫자를 다시 확인했다.

6.2%!

상반기보다 1.7%가 오르고 목표보다 0.2%가 높은 수치였다.

대중이 쉽게 접할 수 있는 미디어로 불씨를 만들고 성교육과 심포지엄 등의 오프라인 이벤트로 어렵게 붙은 불씨를 유지하는 게 유빈의 계획이었다.

그리고 그 계획은 보기 좋게 적중했다.

단전에서부터 찌릿한 느낌이 척추를 타고 올라왔다.

그제야 안도한 유빈이 짧은 숨을 내뱉으며 의자에 등을 기댔다.

예상은 했다. 하지만 실제로 확인하는 일은 또 다른 이야기였다.

홍경은 차장이 유빈의 어깨를 두드려 줬다.

"유빈 씨, 수고했어요."

"감사합니다. 차장님. 다 같이 도와주신 덕분입니다."

실제로 홍 차장이 마케팅 헤드가 된 이후로는 마케팅 팀 전체가 OC 프로젝트를 도왔다.

홍 차장이 유빈의 따뜻한 손을 마주 잡으며 환한 웃음을 지었다.

주서윤이 슬쩍 사랑이 담긴 윙크를 홍 차장의 어깨너머로 보냈다. 6개월간 비밀 연애를 유지한 노하우가 쌓여서인지 조금은 대담해진 그녀였다.

유빈이 웃으며 내일 출근하면 결과를 볼 수 있도록 첼시 사장에게 메일을 보냈다.

"내가 미스터 킴을 뽑기는 했지만, 믿어지지가 않네요. 6%라니……."

출근해서 메일을 확인하자마자 첼시 사장은 유빈을 호출

했다.

“저는 어느 정도 예상은 하고 있었습니다. 피레논과 에리안의 매출 증가 속도가 가파르게 증가했으니까요. 영업팀의 노력을 평가절하하는 게 아니고 직원 전부의 매출이 그러니까 대부분 지역의 매출이 전반적으로 증가해서 드리는 말씀입니다.”

“그럼요. 저도 알죠. 특히 서울에서 매출이 많이 늘었어요. 아무래도 광고 효과나 성교육의 결과가 빨리 나타난 덕분이겠죠.”

유빈은 그녀가 흥분을 최대한 자제하고 있다는 것을 알았다. 프로젝트의 성공은 유빈 개인에게도 큰 성과였지만 제약사업부의 책임자인 그녀에게도 마찬가지였다.

차후에 첼시 사장의 커리어에 도움이 될 만한 중요한 성취였다. 더욱이 다섯 명의 전임 사장이 하지 못했던 일을 해냈으니 흥분이 될 법도 했다.

“네. 내년에는 지방에서도 따라 올라올 겁니다.”

“미스터 킴, 이 정도 놀라운 성과라면 본사에서도 인정할 겁니다. 본사 PM 자리가 나면 한번 지원해 보는 게 어때요? 추천서는 제가 써 줄게요.”

유빈이 원하는 것이 본사 근무라고 알고 있는 첼시가 성의를 표했다.

유빈은 주서윤을 제외하고는 라지브 나라옌 CEO와 나눈 대화를 아무한테도 이야기하지 않았다.

연말까지는 말하지 않기로 두 사람이 합의를 본 내용이었다. 하지만 결과가 나온 이상 이제는 오픈할 때였다.

"사장님, 사실은 스카우트 제의를 받았습니다."

"네?"

환하게 웃고 있던 첼시의 미소가 순식간에 사라졌다.

제약업계에서 다른 회사로의 이직은 밥 먹는 것만큼 흔한 일이었다.

게다가 유빈 정도의 능력자라면 헤드헌팅 회사에서 가만히 둘 리가 없었다.

"……그렇군요. 엔티바스? GDA? PM으로 오라던가요? 아님, 설마 GPM(General Product Manager)? GPM이라면 거절하기 힘들겠네요……."

그녀가 씁쓸하게 제네스의 뒤를 잇는 다국적 제약회사의 이름을 언급했다.

GPM은 PM을 총괄하는 자리로 마케팅 헤드와 같은 위치였다. PM 경력이 최소 5년은 돼야 지원할 수 있는 자리였다. 유빈의 경력은 턱없이 부족했지만, 올해 이룬 성과는 경력을 덮을 정도로 대단한 것이었다.

"아니요. 뭔가 오해하신 것 같은데 제네스 아시아 본부에서 스카우트 제의를 받았습니다. 제가 단어 선택을 잘못했나 봅니다."

"아시아 헤드쿼터라면……."

"라지브 나라옌 CEO가 아시아 본부 BD팀 매니저를 제안했습니다."

"오! 정말이에요? 축하해요. 미스터 킴!"

첼시는 일단 유빈이 다른 회사로 가지 않는다는 사실에 안도했다. 놓치기에는 너무 아까운 인재였다.

한편으로는 유빈이 자신의 도움 없이도 글로벌에 데뷔한다는 사실이 뿌듯했다.

BD팀 매니저라니. 상상을 초월한 빠른 승진이었다. 첼시는 유빈이 과연 어디까지 도달할 수 있을지 궁금해졌다.

"허허. 이거 내가 이길 수 없는 부분이 한 가지 더 생겼구먼. 이렇게 미인이 여자친구라니. 자네는 정말 복 받은 거야."

셀아키텍트 서우석 회장의 호탕한 웃음에 주서윤의 얼굴이 빨개졌다. 유빈은 애매하게 웃으며 두 사람을 쳐다볼 수밖에 없었다.

'어쩌다 이렇게 된 거지? 하아…….'

유빈의 생각이 잠시 과거로 향했다.

유빈이 아시아 본부 BD 매니저로 발령이 났다는 사실은 회사 안에서 금방 퍼졌다.

피임약 프로젝트에 성공하면서 유빈은 이미 제네스 코리아의 유명인이었다. 사내 잡지에도 얼굴을 올렸고 외부 잡지와의 인터뷰도 몇 건 진행했다.

프로젝트의 성공과 더불어 여성건강사업부는 다시 한 번 올해의 부서에 뽑혔다.

프로젝트가 끝나면서 다른 부서에서 유빈을 데려가기 위해 호시탐탐 기회를 노리고 있었다.

각 부서의 장이나 마케팅 헤드가 직접 의사를 타진하기도 했고 임원들에게 넌지시 의향을 전하기도 했다.

그런 와중에 아시아 본부, 그것도 매니저로 발령이 났으니 소문이 급속도로 퍼질 수밖에 없었다.

더해서 유빈과 주서윤이 관계를 커밍아웃하면서 다수의 남자직원과 여직원이 화장실에서 눈물을 훔쳤다는 믿거나 말거나 하는 소문도 함께 돌았다.

끝없이 이어지는 환송연에서 유빈은 겨우 주서윤과 둘만 보낼 수 있는 시간을 만들었다.

그런데.

"이거 섭섭하구먼. 자네가 아시아 본부로 가는 일은 축하해야 마땅한 일이지만 나는 아끼는 사람이자 훌륭한 컨설턴트인 자네를 한동안 볼 수 없게 된 것이 아닌가."

유빈은 셀아키텍트의 서우석 회장에게도 전화로 발령 사실을 알렸다. 전해 줄 말도 있었다. 그런데 서 회장이 생각보다 더 섭섭해하고 아쉬워하는 바람에 식사 약속을 잡을 수밖에 없었다.

그런데 날짜가 주서윤과 1박 2일로 놀러 가기로 한 주말밖에 시간이 되지가 않았다. 유빈은 서 회장에게 솔직히 양해를 구했다.

"여자친구와? 하긴 자네도 이제 장가갈 나이가 됐지. 그래. 그럼 더 잘된 거 아닌가. 나한테 소개도 안 해줄 생각이었나? 그럼 섭섭한데. 아니지? 같이 오게. 전에 듀레인 회장님과 함께 갔던 횟집에서 만나지. 허허."

유빈은 계획과는 다르게 송도로 여행을 갈 수밖에 없었다.

주서윤은 장소에 관계없이 마냥 좋은 모양이었다.

유빈과 서울을 벗어나 어딘가로 간다는 것 자체가 그녀에게는 소중한 시간이었다.

곧 유빈이 떠난다는 사실에 가슴이 때때로 무거워지기도 했지만, 유빈에게는 절대 그런 모습을 보이고 싶지 않았다.

"서윤아, 괜찮겠어?"

"그럼요. 오빠가 잘 아는 분이라면서요. 가기 전에 당연히 인사해야죠."

"미안해. 이번 주말만큼은 너하고만 시간 보내려고 했는데……."

"내일은 우리 둘이서만 보내요."

"이해해 줘서 고마워."

"헤헤, 그런데 어떤 분이기에 오빠가 떠나는 걸 그렇게 아쉬워하는 거예요?"

"아, 그게 송도에서 사업하시는 회장님인데 인연이 있어서……."

유빈이 말끝을 흐렸지만 주서윤은 그러려니 하며 고개를 끄덕였다. 유빈이 중소기업 회장님과 인연이 있다는 게 신기하기는 했지만, 그렇게 궁금하지는 않았다.

하지만 횟집에서 만난 서우석 회장의 자기소개에 그녀는 그대로 경직되어 버렸다.

"허허, 반갑습니다. 셀아키텍트의 서우석입니다. 유빈 군에게 이렇게 예쁜 짝이 있다니 제가 다 뿌듯하군요."

셀아키텍트는 듀레인 회장의 방문 이후로 전 국민에게 알려진 회사였다. 주서윤도 제약업계에 종사하는 사람으로서 셀아키텍트와 서우석 회장에 대해서 알고 있었다.

일반 중소기업인 줄만 알았는데 셀아키텍트라니.

주서윤이 미리 정보를 주지 않은 유빈에게 살짝 눈을 흘겼다.

회상에서 돌아온 유빈은 주서윤이 불편하지 않도록 대화를 주도했다. 처음에는 어려워하던 주서윤도 평소처럼 웃으면서 서 회장과 대화를 나눴다.

"다음에는 우리 집사람 하고 넷이서 만나도 좋겠군. 우리는 딸이 없어서 집사람이 서윤 씨를 보면 좋아할 것 같네."

서 회장이 싱싱한 광어회가 담긴 접시를 서윤 앞으로 밀었다.

"고맙습니다. 회장님."

조신하게 답하는 서윤과 유빈을 서 회장이 인자한 눈빛으로 쳐다봤다.

"그래, 식은 언제 올리나?"

"푸흡, 그게 아직 거기까지 생각은 안 해봤습니다."

마시던 맥주를 뱉을 뻔한 유빈이 재빨리 입가를 닦았다.

"이 친구야. 이렇게 괜찮은 여자는 빨리 데려가야 하는 게 정답이야. 나도 사업하면서 힘든 일이 많았지만, 우리 집사람이 물심양면으로 도와준 덕택에 잘 버티고 지금까지 올 수 있었네. 자네도 이 여자다 확신이 들면 잡아야 해."

술이 살짝 올랐는지 서 회장이 이런저런 인생의 훈수를

됐다.

주서윤은 유빈을 마치 친동생처럼 친근하게 대하는 서 회장이 그저 신기했다.

“바이오시밀러 임상은 잘돼 가나요?”

난처해 하는 주서윤을 위해 유빈이 슬쩍 주제를 돌렸다. 바이오시밀러 이야기가 나오자 서 회장의 얼굴에 생기가 돌았다.

“이제 거의 막바지네. 데이터도 만족스럽게 나오고 있고 오리지널하고 효능에서는 차이가 거의 없다네.”

“아무래도 항체의약품 바이오시밀러로는 퍼스트 무버다 보니 의사들이 실제로 처방하게 하기 위해서는 임상이 더 필요하겠죠.”

“그래서 처음이 어려운 거지. 하지만 그 고개만 넘으면 황금의 밭이 기다리고 있을 걸세.”

“약 이름은 정하셨나요?”

“애브비의 바이오시밀러는 머토마일세. 정말 잘생긴 녀석이지. 임상이 마무리되면 우리나라에서 먼저 허가를 받고 바로 EMA(유럽의약품청)에 승인 신청을 할 걸세.”

서 회장은 마치 아들을 자랑하는 팔불출 아버지처럼 머토마를 이야기했다.

“그리고 다음은 FDA군요.”

"그렇지. 아직 갈 길이 멀지만 난 꼭 도달할 수 있다고 믿네."
"저도 그렇습니다. 회장님이라면 해내실 겁니다."
유빈의 확언에 서 회장의 고개가 끄덕여졌다.
일 이야기가 나오자 약간은 붉어진 얼굴 말고는 술기운을 찾아볼 수가 없었다.
일에 대한 서 회장의 마음가짐을 다시 한 번 확인할 수 있었다.
"고맙네. 유빈 군. 싱가포르에 가기 전 컨설팅해 줄 만한 내용은 없나? 내가 웬만한 건 다 확인했지만, 자네라면 내가 놓친 걸 지적해 줄 수 있을 테니까."
주서윤은 조금 전보다 더 놀란 표정이 되었다.
두 사람의 관계가 단순히 친분으로 이루어진 사이가 아니라는 것을 알게 되었기 때문이었다.
유망한 바이오 기업의 회장이 남자친구인 유빈에게 컨설팅을 구하는 모습이 믿기지 않았다. 동시에 유빈이 한층 더 멋있어 보이는 건 어쩔 수 없었다.
잠시 생각에 잠겼던 유빈이 입을 열었다.
"회장님도 이미 생각하셨겠지만, 오리지널 약품 개발사의 특허를 잘 피해야 할 것 같습니다."
"음, 그렇지."
"특허 무효 소송은 판결이 나오기까지 생각보다 오랜 시간이 걸리는 경향이 있습니다. 개발이 완료됨과 동시에 소송을 진행하는 편이 판매를 앞당길 수 있을 것 같습니다."

"그렇게나 빨리?"

"제가 만약 오리지널 개발사의 CEO라면 어떻게든 판매가 되지 않게 할 겁니다. 승인이 나도 판매 가능한 시기를 최대한 늦추려 하겠죠."

"그 부분은 조금 있다가 진행할 생각이었지만 자네 말을 들으니 바로 실행해야겠군. 법무팀과 바로 상의하겠네. 소송을 진행할 파트너 로펌도 결정해야 하니까."

"네. 특히 겉으로 드러나지 않은 잠수함 특허를 조심하셔야 합니다. 만약 새로운 특허가 등록되면 오리지널의 보호기간이 10년 정도 연장되게 됩니다. 특히 제형 쪽으로 주의를 기울여야 할 것 같습니다."

서 회장이 무겁게 고개를 끄덕였다.

늘 드는 생각이지만 유빈의 지식은 놀라웠다. 마치 자신이 바이오시밀러를 개발하는 것처럼 아주 미세한 부분도 놓치지 않고 있었다.

"그런 의미에서 새로운 제형을 개발해 보시는 건 어떨까요?"

유빈이 말을 이어 갔다.

"새로운 제형이라면……."

"머토마는 애브비의 제형과 마찬가지이겠죠?"

"그렇지. 정맥주사용일세."

"네. 애브비가 효능이 좋아서 많은 나라에서 사용되고 있지만 단 한 가지 단점이라면 정맥주사이기 때문에 꼭 병원에 가서 치료를 받아야 한다는 점입니다. 애브비에 비해 루미라는 인젝션 펜 제형을 개발해서 환자가 집에서도 혼자 투여할 수 있는 편리함이 강점입니다."

루미라 역시 항체 의약품으로 TNF-알파 억제제였다. 애브비와 적응증이 거의 유사하지만 편리한 제형 덕분에 현재 전 세계 의약품 중 매출 1위를 달리고 있었다.

게다가 매출 증가세 역시 가팔랐다.

올해 125억 달러, 우리 돈으로 무려 14조 2천억 원의 매출이 발생했고 작년에는 11조 3천억 원 정도였다.

그에 비해 머토마의 오리지널인 애브비는 10조 정도의 매출을 보였다.

만약 머토마가 두 가지 제형 모두 개발해 승인받을 수 있다면 가격 메리트로 장기적으로는 두 약품 점유율의 최소 30% 매출을 빼앗아 올 수 있었다.

올해 매출로 계산해 보면 7조의 매출이었다.

단일 약품으로 7조!

서 회장도 살짝 흥분되는 모양이었다.

“흐음. 그러니까 자네 말은 정맥주사용을 개발하면서 동시에 인젝션 펜도 개발하라는 말이군.”

“개발만 성공하면 오리지널의 점유율을 급격히 빼앗아 올 수 있을 겁니다.”

서 회장이 이제는 펜을 꺼내 메모까지 하고 있었다.

“역시 자네의 시야는 넓군. 그런 것까지 생각하고 있다니.”

“아닙니다. 뭔가 회장님께 도움이 될 수 있을 게 없나 해서 평소에 생각해 놓은 것들을 풀어놨습니다.”

서우석 회장과 셀아키텍트를 도우고 싶은 마음도 있었지만, 다른 이유도 있었다.

차후에 승인이 나고 머토마가 잘나가게 되면 에이티제이의 인수를 결정한 마크 램버트 CEO에게는 치명적인 한 수가 될 수 있었다.

큰돈을 들여 합병했는데 셀아키텍트의 바이오시밀러에 점유율을 빼앗겨 매출이 줄어든다면 실패한 합병으로 여겨질 것이 뻔했다.

유빈은 내부적으로 그리고 외부적으로도 마크 램버트 CEO를 흔들 계획을 그렸다.

그중 외부적인 요인이 바로 셀아키텍트의 성공이었다.

“……고맙네. 정말이야.”

서 회장의 표정이 진지해졌다.

"아닙니다. 회장님."

"아니, 정말 고맙네. 솔직히 말하지. 자네, 셀아키텍트에서 나와 함께 일할 생각은 없나?"

서 회장의 제안에 유빈은 물론이고 옆에서 듣고 있던 주서윤도 짧은 숨을 들이마셨다.

"자네를 아끼는 다니엘 듀레인 회장님께는 죄송하지만, 욕심이 나는군. 물론 제네스도 좋은 회사가 맞네. 세계 넘버원의 제약회사고 자부심도 있겠지. 하지만 제네스는 미국에 본사를 둔 다국적 제약사네. 그 안에서 우리 같은 동양인은 마이너에 불과하네."

"그런 부분이 있죠."

전부 인정하는 건 아니지만, 유빈은 고개를 끄덕였다.

"한 가지 덧붙이자면 제네스가 완성형의 회사라면 셀아키텍트는 이제 막 걸음마를 뗀 아기와 같네. 아, 그 정도는 아닌가? 어쨌든 제네스에서 일하는 것보다는 셀아키텍트에서 일하는 편이 100배는 즐거울 걸세. 도전할 일이 천지거든. 하하. 그리고 그 성취감은 비교가 안 될 걸세."

"음, 우선 제안해 주셔서 감사합니다. 회장님께서 직접 제안해 주시니 더욱 그렇습니다. 하지만……."

유빈은 제네스에 입사하게 된 계기와 목표에 대해 서 회장에게 이야기했다.

진지하게 이야기를 듣던 서 회장이 중간마다 짧은 한숨을 내쉬었다.

"그런 일이 있었군. 자네도 그렇지만 어머님이 힘드셨겠어."

"회장님. 제가 목표를 이루고 그때까지도 회장님의 제안이 유효하다면 다시 말씀을 나누고 싶습니다."

거절을 당했지만 서 회장의 눈빛은 더욱 애정에 차 있었다. 그가 유빈의 어깨를 툭툭 두드려 줬다.

"자네라면 해낼 수 있을 걸세. 그리고 내 제안은 10년이 지나도 유효할 거고. 조금 전 그 말 꼭 잊지 말게."

"알겠습니다. 회장님."

"유빈 군. 자네에게 꿈이 있는 것처럼 나에게도 꿈이 있네. 10년 안에 셀아키텍트가 세계 10대 제약회사 안에 드는 것이지. 단지 바이오시밀러만 가지고 그런 목표를 가지고 있는 건 아니네."

"네, 회장님."

"신약을 개발 중이네. 성공만 한다면 엄청난 폭풍을 몰고 올 신약이지. 궁금한가?"

유빈이 그의 말에 경청하며 고개를 끄덕였다.

6권에서 계속

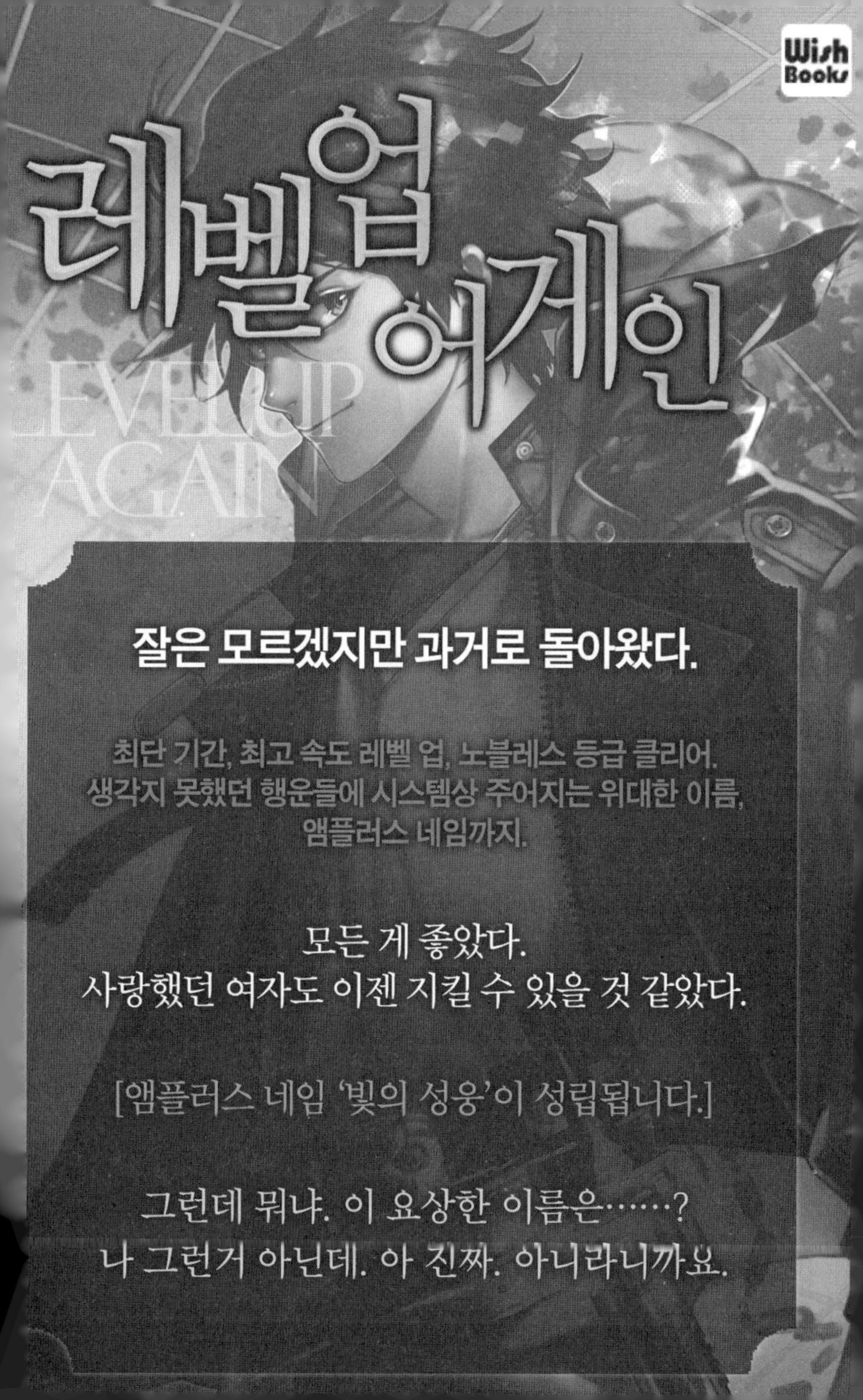
Wish Books
레벨업 어게인
LEVEL UP AGAIN
잘은 모르겠지만 과거로 돌아왔다.
최단 기간, 최고 속도 레벨 업, 노블레스 등급 클리어.
생각지 못했던 행운들에 시스템상 주어지는 위대한 이름,
앰플러스 네임까지.
모든 게 좋았다.
사랑했던 여자도 이젠 지킬 수 있을 것 같았다.
[앰플러스 네임 '빛의 성웅'이 성립됩니다.]
그런데 뭐냐. 이 요상한 이름은……?
나 그런거 아닌데. 아 진짜. 아니라니까요.

내 안에 몬스터 있다

형상준 현대 판타지 장편소설

태양의 흑점 폭발과 함께 새로운 시대가 찾아왔다!

마나와 능력자, 그리고 몬스터가 존재하는 현대.
그리고 그곳을 살아가는 마나석 가공 판매업자 김호철.
평소처럼 마나석을 탄 꿀물을 마시던 그는
번개에 맞고 신비로운 힘을 각성하게 되는데…….

'내 안에서 몬스터가…… 나왔다?'

그것도 김호철이 먹은 마나석의 개수만큼 많이.